Romance

RUTH GUIMARÃES

Um tal de Zé

PRIMAVERA
EDITORIAL

Sumário

7 Notas de uma tal vale-paraibana...

11 Feito uma explicação mesmo!

19 Réquiens para o que não é mais

19 Nota da editora

21 Pra começo de conversa, isso existe!

25 Mudança

29 O cômodo mais alegre, mais claro, mais quente, mais barulhento, era a cozinha

35 Matinada

39 Decoada

43 Credoencruz

45 Passeios em dias de antanho

51 De nomes e coisas

53 Visitação

61 O João-bobo

67 Andante ligeiro

71 Cantilena de ninar para o Menino Morto

73 Houve tempo em que morrer era festa

75 Choro eu... Chora você...

79 Sem choro nem vela

81 Quem não trabalha, que não coma

83 A toca do Zé

85 A menina do laço nos cabelos

93 Burro?

95 O quartinho de lenha

97 Um certo paletó branco

99 Catedral submersa

103 Dores velhas

105 Desvalias

109 Ponto final

111 Conto de Natal

115 Do outro mundo

121 Escurezas

123 E o ceguinho encegueceu!

127 Aceitação

129 Negaceios

133 Que seja no brejo!

135 A chácara do mamoneiro

139 Insurreição

141 Sumiços

143 Confissões

147 As flores azuis

151 Um gosto, um desgosto

157 O filho pródigo

163 O processo

167 O saci cresceu

169 Noites cachoeirenses

171 Diálogo

175 Humores

181 Lembranças

185 Zé-Inácio

195 Sobre costurar existências na palavra

Notas de uma tal vale-paraibana...

Não dá pra "contar o Brasil" em linha reta, com começo, meio e fim. Para o bem ou para o mal, nossa história é marcada por feitos inacabados. Dito isso, pois bem, continuo ou começo (nunca sabemos quando uma história começa ou continua, se ela é contada por alguém do Vale do Paraíba).

Nasci em Cachoeira Paulista, antes da subida para o Alto da Igreja, na Santa Casa da cidade. Cresci em Cruzeiro, onde as ruas têm números em vez de nomes – um código que só os moradores decifram, já que o GPS não o reconhece. As duas cidades são vizinhas, como tudo no Vale, que mais parece um grande quintal.

Aos 18, voltei para Cachoeira, onde conquistei meu primeiro emprego, um marido, um tanto de amigos, alguns lugares preferidos no mundo (bar do Aurélio e todo o bairro da Margem Esquerda) e muitas histórias sobre uma tal de Ruth, que dizem ser bruxa (volto nisso depois).

Contei tudo isso para dizer que o que escrevo aqui carrega conotações absolutamente afetivas. Quero apresentar um Vale de sol e céu azul consolador, onde vizinho chama Zé, tem acesso ao nosso quintal e onde certas coisas só os moradores sabem.

Veja só como são as coisas por aqui:

Pitéu é um bairro, Alto da Igreja também. Padrinho e Madrinha são nomes próprios e sagrados, por isso sempre aparecem em maiúscula. Se você vai ao centro, vai "à cidade"; já a cidade de Aparecida, por aqui, é sempre "na Aparecida". Fruta, a gente escreve como se fala. O estabelecimento pode ter o nome que for, mas é chamado pelo nome do dono – e o sobrenome dele vira o do lugar: loja do seu Perci, bar do Aurélio, do Zoinho, do João (e como tem bar!), escola da Michele, academia do Naldo, Dona Madalena da igreja da Margem Esquerda.

A maritaca (ou maracanã) não para, mesmo durante a primavera; algumas até assobiam para nós. Sabemos as horas pelo som da sirene da ferrovia: são sete horas, está na hora.

Se a sirene toca e ecoa por toda a cidade fora do horário, é sinal de que alguém partiu desta para a melhor. E há também as conversas que começam com um "deixe eu te contar" ou um "xô falar pra você" – ué, já não está falando?

Quem é de Cachoeira Paulista, cidade-cenário deste romance inacabado (será?) que Ruth nos deixou, ainda sabe que *cebolão* é relógio, *fazenda* pode ser pedaço de pano, que Maneco era filho de Juca – um tal de seu Botelho – e Honória; e que morreu cedinho, aos 19 anos (talvez 20). Vai saber também que as histórias vêm e voltam, e tudo se conta misturado, jamais fragmentado. As histórias da nossa casa, misturadas com as histórias da nossa gente, do cenário onde vivemos, do rio que nos cerca.

O tempo é elástico aqui, me disse uma amiga da tal capital de São Paulo. E é. Mas erra quem pensa que ele não passa por aqui. Ele passa, sim – só que de forma diferente. A gente faz mais coisas porque tudo é perto. Ao mesmo tempo, faz tudo mais devagar, justamente porque é tudo perto. Por isso, o tempo parece quase inacabável. Inacabável como contar quantos Zés existem no Brasil; inacabável como a linguagem, que nunca se esgota; como as prosas de quem nasce e se orgulha de se dizer caipira; inacabável como o legado que essa tal Dona Ruth nos deixou.

Essa tal de Ruth, que certo dia, em um ponto de ônibus ou em qualquer ponto da cidade, encontrou uma mulher que lhe falou, como se conversasse com alguém muito íntimo, que diziam por aí que Dona Ruth era bruxa. A mulher, claro, não sabia que falava com a própria. Ruth, ligeira, fez-se de conhecida e apenas confirmou que sim, era mesmo.

Mariana Bastos

Editora, caipira, membro do Instituto Ruth Guimarães

Feito uma explicação mesmo!

Ruth Guimarães deixou este romance inacabado. Capítulos, alguns inteiros, outros interrompidos com a caligrafia trêmula de mãos de 93 anos. Trabalhou neste livro até a véspera do acidente vascular cerebral que a impediu de continuar a escrever, em 2013. Nós, os filhos, recolhemos folhas esparsas, páginas "meio datilografadas, meio manuscritas", uma parte em pasta específica, outras soltas, perdidas entre rascunhos de crônicas, anotações para o dicionário de medicina popular, que também deixou inacabado – este com mais de 900 páginas, que permanece inédito no momento em que este romance está sendo publicado.

O leitor vai se perguntar, decerto: "Quem é esse tal de Zé?".

Não sabemos, exato. Possivelmente será Zé-Inácio, figura emblemática de sua infância e começo da juventude. Antes um vira-mundo, depois um prestador de serviços na chácara do avô de Ruth, e mais tarde quase um filho postiço, adotado, querido. Perdeu as duas pernas, na altura dos joelhos, levadas por um trem. Virou-se bem sem elas. Inventou uma espécie de sapatos redondos, forrados de algodão, e até corria. Tinha uns 30 anos.

Mas houve outro Zé na vida dela. José Botelho, o avô, um português alto, claro, de olhos azuis, de ascendência judia. Ela o chamava de "o velho Botelho". No serviço e para os amigos, ele era o Juca Guarda-Chaves. Deu a ela amparo, ensino, amor ao trabalho. A companheira dele, Honória, filha de escravizados, foi o modelo de pessoa para Ruth. Para os dois, ela escreveu, um dia, esta crônica, a que deu o título de *Anoitecer*.

Dizia Carlos Drummond de Andrade que ele foi um jovem como outro qualquer. Não tinha muita consciência da vida nem sabia o que era a velhice. Olhava para os velhos com pena "coitados dos velhos" e não se dava conta que um dia chegaria a sua vez. A indicação de que certamente sei o que digo é que hoje, velha de noventa anos, vejo a mesma progressão insidiosa que envolvia a velha Honória e o velho guarda-chaves Juca Botelho.

Essa progressão à qual nenhum dos meninos, meus irmãos e eu, sob a sua guarda, prestava atenção, porque ambos envelheciam com uma lentidão que tornava quase insensível o desgaste. Eu vivia na e com a velhice, sem estranhá-la porque a meninice se adapta facilmente. Os meus dois velhos, à medida que a vida continuava, eles a iam perdendo. Ficaram muitos desarvorados e ausentes. Eu, que era a neta mais velha, fui chamada a fazer muitas coisas que não fiz aos meus pais biológicos. Assim, tinha que ler para eles o jornal inteiro, porque a vista não ajudava. E quando minha avó costurava uma interminável colcha de retalhos, enfiava sucessivamente as agulhas de que precisava. Nessa época não havia aparecido a TV e em nossa casa não havia rádio. Também lia contos e romances, sob as árvores, nas horas quentes do dia, enquanto meu avô deitado na rede pensamentava não sei o quê. Era eu quem tirava o recibo de aluguel de meia dúzia de casinhas que os velhos alugavam a famílias pobres. Fazia recados, pagava contas de luz e água, acompanhava meu avô às compras no armazém e minha avó às visitas de velhas comadres e à costureira. Eu lhes alcançava os óculos e a bengala do avô.

Quando eles precisaram realmente de mim, eu não estava mais em casa. Tinha saído para trabalhar na Capital e meu avô era orgulhoso demais ou decidido demais a amar para pedir que eu não fosse. Entretanto, quando chegava à minha antiga casa e os via, ele na sua rede, e ela na sua banqueta, sentia o vago desinteresse com que eles recebiam do outro lado do mundo, presos já do processo de desprendimento gradativo próprio do envelhecimento.

Financeiramente não tinham problemas. O trabalho da casa e o cuidado deles era incumbência de outra pessoa. Um pouco de despeito, mas indubitavelmente aliviada, eu me dizia: "não faço falta". E nós nos mostrávamos alegres como antes, eles tinham pequenos caprichos, ele amanhava as primeiras frutas das mangueiras carregadas e a avó mexia as panelas (que boa cozinheira que era ela!), cantarolando "o pintor que pintou Ana".

Hoje, que a emoção há mais de cinco anos mora dentro de mim, mas vem como onda mansa, percebo o ciclo se fechando. E até sei, pelas suas reações, quantos anos tinha a minha velha avó nessa ocasião. Como me casei com um primo da minha idade, eu o vejo com os olhos de ontem e de hoje e me parece estar casada com o meu próprio avô. Estamos repetindo a vida.

Esse Zé, supomos, e só o podemos supor, podem ser todos os Zés simples das cidades pequenas e das roças, fossem chamados Quim, Crispim, Quinzoite, Chico, Antonio, João, Maneco, ou por apelidos os mais curiosos e de gênero incerto. E, por extensão de gênero, Ricarda, Maria, Marocas, Emídia. Gente do Vale do Paraíba, mas que pode ser de qualquer lugar do Brasil. "O Vale é todo tisnado das características rústicas da raça: rostos grandes, pele trigueira, curtida, grossa, lisa; lábios carnudos e sorrisos largos, de orelha a orelha; olhos grandes, parados, lustrosos, parecendo líquidos; narizes volumosos; cabelos escuros, ásperos, que se vão desenvolvendo na mestiçagem com o branco (...)".

Esses pobres, "sem erudição nem filosofias", como ela definiu na abertura do seu livro *Contos de Cidadezinha*, foram a quem ela dedicou sua escrita e sua generosidade. Ouviu-lhes as histórias, cuidou de seus filhos, ensinou-lhes o quanto sabia, ao mesmo tempo que aprendia com eles o mistério da vida.

Mas houve um terceiro Zé. O primo José. Neto do velho Botelho, portanto Botelho Netto, assim com dois tês. Companheiro desde a infância, irmão desde a juventude, parceiro de trabalho em reportagens para jornais e revistas, ela texto, ele fotografia, pai de seus nove filhos, seu mais completo, solidário e profundo amor.

Numa carta, num tempo em que Ruth morava em São Paulo, começando carreira profissional, enquanto Zé – Zizinho retratista – permanecia indo e voltando, a trabalho, de e para Cachoeira Paulista, ela travava como que uma conversa amorosa, do jeitinho mesmo daqueles que nós, filhos, testemunhamos pela vida inteira.

Pensando em sua viagem, tenho na memória um rumor teimoso de trem tchen tchen tchen. Não há desgraça mais completa decerto que estar sem dinheiro e viajar pela manhã no expressinho da Central. Sabe que ontem vesti seu paletó, o bege, do conjunto de montaria? Fica um pouco grande para mim, nos ombros. Mas é quente e macio e a gola sobe muito, por baixo dos cabelos até tocar as orelhas. Senti-me toda envolvida por você. A Dinorá fez um arzinho meio sabido e meio inocente:

— Já sei de quem é esse paletó. Do José.

Dinorá tem um jeito bovino, você sabe. Olhos grandes, puxados nos cantos, molhados, lustrosos, meigos e amarelos, como os de uma vitela melancólica. É claro que gosto dela. E é claro que senti a necessidade física de falar de você, de tornar-te coisa que transborda. Seu nome esteve nos meus lábios, para falar a verdade, esteve demais nos meus lábios. Até mudar de significação e de gosto. Até começar a correr no meu sangue de um modo quente e amargo. Falei de outra coisa, bem depressa.

Falei alto, o que aliás é meu costume, para evitar que o que sentia tomasse conta de mim. Daí a um minuto a crise havia passado. Andei folheando Arco de Triunfo de Remarque. Nada neste mundo tem importância por muito tempo – diz ele, o que coincide exatamente com a minha maneira de ver e de sentir.

Não posso me impedir de sentir frio no coração. Não me diga nada que possa me consolar. Para essas coisas, para isso, não há consolo. Não é você que eu receio, o que eu temo vem de mim, ou de nós, ou da essência de tudo que vive. Nada tem importância por muito tempo. Zina disse que sou como Dorian Gray. Um rosto que não revela nada. Olhe se li em mim como num livro aberto, você sabe. Sim. Sei. Está estranhando essa raiva sem controle e sem cálculo. Essa raiva apaixonada. Não estou procedendo muito bem com você. Mas essa raiva apaixonada. Eu sabia que tinha que ser diferente.

Calmo. Um encontro calmo, sem gestos inúteis e também sem palavras ríspidas. Quis mesmo isso. Por um instante pareceu um estranho, mais magro, e mais alto, porque eu estou sentada e você em pé. Dando uma impressão de distância, de alheio, porque está de capa, entre pessoas sentadas que trabalham na Repartição, entre mesas cheias de papéis. O aperto de suas mãos é firme, quente, seco e rápido. Melhor assim, talvez. Nada de saudade exasperada, mas um reconfortante descansar no seu coração, agora que lhe descubro no olhar o conhecido lampejo de ternura. Tenho a sensação de partilhar um segredo com você, que ninguém sabe, como se não fosse tão evidente o que sentimos.

Lembra-se do que falamos? Eu não. Apenas de uma frase que ficou cantando nos meus ouvidos e em mim: "quanto mais conheço as outras mais gosto de você". É dessas coisas que transformam a gente em música. Sinto-me vibrante e ardente como uma corda esticada de violino.

Não quero saber quem você conheceu, nem o desencanto que acompanhou essas palavras, pois sei o que elas contêm. Claro que estou feliz. Uma felicidade que quase dói e estrangula o riso na garganta e nos lábios as palavras que quis dizer. Não. O amor não é um sentimento alegre.

Se esta carta termina assim?

Não sabemos. Pode ser que folhas restantes tenham se perdido. Pode ser que, como este livro, ela não teve tempo, ou que as circunstâncias não lhe permitiram terminar. Mas o que foi escrito diz a respeito dela e a respeito dele, e diz de amor. Ruth Guimarães viveu amorosamente, por quase 94 anos, observando a vida simples e paradoxalmente complexa dos Zés do mundo.

Que os leitores consigam perceber neste resgate a dinâmica da vida dessa gente que Ruth amou.

Cachoeira Paulista, 2025

Joaquim Maria Guimarães Botelho

Júnia Guimarães Botelho

Marcos Guimarães Botelho

Réquiens para o que não é mais

Para este romance inacabado, posto que a ninguém é dado apreender o que engendrava a mente da autora, decidimos reproduzir alguns textos que podem compor um tanto mais de entendimento dos lugares e das pessoas que ela retratou. Escritos em diferentes períodos, perscrutam a progressão do tempo e a finitude. Marcam-se pela poesia e pela musicalidade. Mas a temática e a reflexão são quase uma vingança contra aquilo que alguém poderia chamar destino.

Nota da editora

A fim de orientar a leitura, cada conto deste volume é acompanhado por um ícone que indica a natureza de sua narrativa. O símbolo da ponte assinala os textos que se concentram em Zé, em sua família e no entorno imediato que compõe sua experiência de vida. Já o símbolo da montanha identifica os contos voltados para a cidade e seus habitantes, ampliando o olhar para a coletividade e para a paisagem social. Dessa forma, os ícones cumprem a função de guiar o leitor ao longo do livro, evidenciando os dois eixos principais que estruturam a obra: de um lado, o espaço íntimo e familiar; de outro, o universo comunitário e urbano.

Pra começo de conversa, isso existe!

Em primeiro lugar, um sítio cheio de árvores. Jabuticabeiras, fruta-de-conde e goiabeiras de folhas ásperas, que amarelecem no outono, e em lugar de portão uma porteira que range. Lá aparece assombração em noite de lua e diz-que tem ouro escondido no pé do moirão, onde nunca ninguém achou, nem acha não. Num renque de pinhão-bravo, pulam os serelepes. Mamoeiros (que bem-te-vi gosta de mamão. E fica dentro da fruta, parece que está em casa, sim senhor). Em velhos tocos do fundo do terreiro, tiziu dá cambalhotas. A grama do coradouro, verde o ano inteirinho. E o poejo no chão, cheiroso, tapete, alfombra macia, macia, macia. A gente finca dois bambus, um pra lá outro pra cá, futebol, e bola pode ser de meia. Lá atrás do bambual o riozinho. Claro, cheio de corridinhas, todo estrelado de cintilações. O

Príncipe Escamado, o mais príncipe de quantos já existiram, mora ali no fundo, nesse Reino de Águas Claras. A terra é quente e seca. O sol vem cedo sobre as copas de veludo.

Escurecer, escurece.

Se a noite é linda e a brisa sopra de leve, a criançada corre caçando vagalumes. Brinca de pique-sem-fim, e de acusado, enquanto um moço, na viola, canta com voz de apaixonado, tal qual em muito livro bobo. Noite estrelada. Caminho de Santiago, de estrelinha miúda esparramada em algum chão que o céu tem. E as estrelas maiores são verdes, azuis, vermelhas e amarelas. Menos uma que quando se troca de bem com seu bem é branca, enorme, extravagante como uma chama.

— No seu mundo não chove?

— Chove. As noites são frias — as noites de chuva. Venta. O arvoredo sussurra. A preta cozinheira conta histórias. A do Zezinho da Mariquinha. E aquela da Branca Flor. E a da princesa sapa que cantava em noites de lua e tecia rendas de praia. E de quando São Pedro andava no mundo com Jesus. Os tições estalam e brigam no fogão.

Ah! fogo de lenha, pois então?! E as chamas sobem alto, azuis e amarelas, e a cada estalo o ar se enche de estrelinhas. Cheiro bom de café... Chove, mas a casa é acolhedora, quentinha, as histórias embalam os sonhos, e não sei quem frita bolinhos de batata na cozinha toda trêmula de labaredas e chiante das frituras.

Diz-que tem até uns meninos para comer os bolinhos e para ouvir as histórias.

— Isso existe?

— Eu sei? Se existe, existe onde? Se existe, existe para quê? Se existiu, por que existiu?

Se não existem mais (existiram?) as noites de chuva, a contadora de histórias, os tições no fogão, o cheiro de café, a casa acolhedora e quentinha, os meninos comendo bolinhos e ouvindo histórias... (existirão?)

Mas diz-que Deus não dá duas vezes, e o velho Adão, para exemplo, foi expulso do Éden uma vez só, para sempre.

Mudança

O rio era o rio. Negro como o negro aço, sem cintilações, sem luz, sem lambaris, ah! Sem luz ah! Sem seus peixes de prata! Nas águas sem luz, não se debruçava o céu, nem as nuvens, mas apenas o negror da sombra da ramagem. E era feito de silêncio e óleo espesso. E nas barrancas o ermo principiava se prolongando indefinidamente pelas margens desertas. Havia uma ponte. Havia uma ponte sem ninguém. E havia uma árvore, muitas árvores sem pássaros. E havia um caminho. Longo, sem caminhantes, poeirento, escuro, com pedras pontudas e terrões de ásperas arestas. Às plantas que ela viu e contou, deu-lhes os nomes que sabia. Amor-seco e picão e arranha-gato e dormideira e juá venenoso e fedegoso e cardo. E cipó enredado no guatambu e moitas espinhentas de rosinha maldita. Maçã-de-lobo, ela viu. Veneno poderoso de fazer bolinha para cachorro danado. E palma-de-satanás, viu. E galharia seca de velhos angicos assombrados. E viu os animais e deu-lhes o nome que sabia: ratazana-do-campo, de presas temíveis, em pulos tortos, pelo capim castigado de soalheira. E quijara do banhado, e negros escaravelhos de mil patas negras, avançando devagar, entre excrementos. Pois não soube o que houve, que a paisagem mudou tanto.

O rio ainda é o rio. Negro como o negro aço, mas com gritos de luz em cada onda, onde o sol se esparrama e cintila e salta, coriscando; e onde uma lavandisca escreve hieróglifos, riscando a água, e onde o martim-pescador de longo bico sacode as asas, esparrinhando gotinhas de luz para todos os lados.

O rio está claro, tanto que se veem no fundo os lambaris de prata, de rabinho vermelho. Relâmpagos se cruzam, quando as marrecas se perseguem aos gritos sobre as águas. Marrequinhas brancas de penas verdes cintilantes. O céu nem pode parar, numa tremura que lhe comunica o rio. Deslizam as nuvens formando castelos e carneirinhos. E aquele campo enredado, que houve com ele? Por que está lindo assim, com uma vida assim e uma alegria assim? Será porque a rosinha maldita espirou alva e leve entre a folhagem e os espinhos? Será porque o juá penugento se enfeitou de bolinhas vermelhas? Será porque um casal de namorados se debruçou na ponte, sobre a grade rústica, e espiou com olhos ternos as voltas do rio? Será porque uma criança agarrou o besouro cascudo e o achou tão engraçado, tão liso e brilhante e com tanta perna? De tantas coisas que ali estavam ontem e hoje as belas?

Ai, o rio era o rio e era esta ponte aquela ponte, e era este mato aquele mato, na árvore estava o pássaro, na manhã a luz, o amor e a criança, no silêncio a beleza, para quem tinha olhos de ver e ouvidos para ouvir.

O cômodo mais alegre, mais claro, mais quente, mais barulhento, era a cozinha

Patrão vinha do pernoite sol de fora, que ele ficava de manhã bem cedinho cuidando um pouco da plantação de milho e feijão-miúdo que tinha por lá. Ouvia, desde o portão, o zum-zum da cozinha, risadas e o falatório. O Zé, a Emídia, o Maneco, o Antônio, o Cisco-cisquinho, ainda no colo, esfregando os olhos e dando gritinhos de contentamento.

— Quem tem *trezentorréis* aí? Sonhei com gente que já morreu. *Ói*, Zé! É no elefante!

— Esse elefante do sonho falou alguma coisa?

— Não.

— Então não é elefante, é camelo. Defunto que fala é que é elefante.

— *Cabou* o bolinho, gente! *Cabou* o bolinho!

— Quieto, cambada! Tudo quieto! Está batendo hora. Já apitou. Padrinho *ei vem*.

No repente, a casa ficou vazia e muda. Deu pra escutar cantiga de passarinho, o marulhar da água da bica. O patrão entrou com passo pesado, atravessou a sala de jantar, foi acender o cigarro num tição grisalho, toucado de cinza. O feijão pula-pulava no caldeirão craquento. O homem girou o olhar esperto, registrou tudo. Emídia lavando louça, Maria varrendo a casa. Mãe barafustando com as galinhas.

— Os meninos?

(o ar inocente da Emídia)

— Ué, *quede* eles?

— O Zé está de paletó, pra molhar a horta, o calhorda?

— Não sei não senhor. Eu não vi.

— Aonde ele vai?

— E eu sei, Seu Juca? Eu é que sei?

E ela completou candidamente, *emidianamente*, com cara de boba, assuntando:

— Será que o Zé vai sair?

— Adianta falar com essa besta?

O patrão puxou uma fumaça e foi dormir. Agora, só dali a duas horas ele daria as caras, quando fosse comer de colher aquela papa: vinho com açúcar, na tigela, biscoito de polvilho esfarelado. Homem mais sem gosto. Então, no que ele roncou no quarto, o salseiro da cozinha recomeçou.

O sol saiu e esquentou tão cedo! Nem dava para molhar a horta. Nem dava mais. A quentura estragava as folhas ternuras. Verdura é negócio delicado. Rachar lenha com essa lua, cruz! Varrer galinheiro? É. Pode ser.

— *Zéééééééé!* — o cochicho soprado sibilou na direção da cozinha.

— Aqui, tição!

Ele riu.

— O meu joguinho...

Saiu pelo portão da horta ainda com a mangueira na mão. Olhou de um lado, olhou de outro, jogou a mangueira, endireitou um ou dois bambus de cerca, deu alguns passos para a rua, voltou, assobiou, andou a esmo entre as leiras, bateu com um cipó nas ervilhas floridas e foi saindo de novo. Ao andar, sungava as calças meio grandes, dava uns pulinhos, repuxava os ombros dentro do paletó mole de brim, antigamente branco, o paletó de sair. Igualzinho como fazia o Padrinho.

Mas Padrinho tinha paletó listradinho de branco e preto, feito a capricho na costureira, a comadre Adelaide do Alto da Igreja.

Comadre Adelaide era gente direita, não fossem pensar mal, porque morava no Alto da Igreja. Casa dela tinha girassol na porta, no jardim tinha jasmim, bom-dia e maria-sem-vergonha. Ficava do lado das casas dos foreiros. Pombas! A rua das putas era mais pra trás. Lá ele passava de carreira, que elas tinham o mau costume de chamar qualquer um, para fazer de mandalete. E recado de mulherada só rendia xingo e tabefe na orelha. E como é que ia explicar essas coisas pra Madrinha? E lá ia ele de novo com recado pra Comadre, que morava a par da rua da mulherada.

Com ar determinado, Zé tocou com os dedos o fundo dos bolsos atufados. No embrulho, o paletó velho do Chimbica. Comadre descosturava e cortava a roupa nova, com um pano em cima do outro. Dava mais dois dedos de folga, de cada lado. Recomendação da Madrinha que assim explicava: por grande não se perde...

A trouxa e a panela soverteram do canto da cerca. Ele as levava dentro de um saco atirado para as costas, negligente.

Depois de um minuto, apertou o passo, quase correu, correu e lá se foi correndo pela rua adusta, preta, brilhante, macadamizada de coque de carvão de pedra da ferrovia. Desapareceu para os lados do Pitéu, primeiramente. O dinheiro da Siá Maria entre os papéis, no bolso. Tinha recebido a nota dobradinha, sem uma palavra, mão na mão, nem espiou de quanto era. Claro que não era para ele. Entregar para Siá Maria e o filho cego, a nota, e mais a trouxa e mais a panela.

O olhar de Madrinha era uma indagação tão expressiva, que ele acenou que sim. Não falou. Não falasse nunca.

— Ué! Já veio.

— Já, Emídia. Eu saí assim que o Padrinho apagou.

Zé conferiu, de cabeça: na ida, comadre Adelaide, o terno do menino. No Pitéu, do outro lado da cidade, a panela, a trouxa, o dinheiro. Na volta, Tunico Bicheiro, *duzentorréi* na cobra, *quinhentão* no cavalo e os trezentos no camelo, arredondava tudo *destustão*.

— Tudo em ordem, Zé?

— Tudo em ordem, Madrinha.

A paga foi o meio sorriso, nos cantos da boca e um pouco nos olhos dela.

Matinada

De manhãzinha, alguma coisa estava acontecendo, no ar, nas ruas, no céu. O que havia? Qualquer coisa inusitada. Rumor em demasia. Um susto, parecia. Canto em cascata de duas qualidades diferentes de pios. De uma parte um susto, um protesto. Mas escutem: que barulho é esse?

Uma senhora matinada. Eram as maracanãs, uma espécie de papagainho sem graça, barulhenta gritadeira, madrugando para incomodar.

O céu está sereno, de um azul consolador. De repente, não mais que de repente, a manhãzinha se encheu gloriosamente de uma barulhenta matinada.

— Que foi isso, gente? — indagou a Baita, saindo ao terreiro com as mãos em concha acima dos olhos.

As coisas estão mudadas, mas alguma coisa permanece. As coisas estavam muito mudadas. A luz, as sombras. O beijo quente do calor na pele. Aquele revérbero, nos olhos, quando o rio desliza e caminha. Por exemplo, as flores se oferecem em beleza e são um chamado. Temos que contemplá-las. Temos que aprender que é primavera. O campo, o rio, o céu, sempre conseguem contar que ainda é primavera. E as maitacas, esse papagainho sem-vergonha, barulhento, pia, grita, martela, assobia, faz barulho com o bico e com as asas, não os deixa esquecer que é primavera. Grandes voos, rápidos, sincronizados, vão marcando o compasso, que são oito horas, que é manhã, que o dia é claro, que o sol aquece, que a vida é uma dança de longos voos rápidos, que a vida é um voo. Que a vida é a vida. E que é música. E que são flores, são flores, são pios.

Foi a primavera, foram os pios. E que foi que perturbou a música das maracanãs?

Geralmente sabemos as horas, quando o alegre bando desaparece para os lados da montanha, longe, tão distante que a gente acaba não sabendo para onde vão esses papagainhos...

Hoje eles se atrasaram, perderam a hora. Perderam o ritmo. Não nos ensinaram nada a propósito das floradas, nem do tempo, nem da vida. Nem do espaço que é preciso medir. Nem do trabalho de todos os dias, que é preciso reafirmar que é belo. Hoje as maracanãs vão sem festa nem alegria. Música não há, mas um excesso de pios. Perderam até a hora da partida, que de costume acontece, ritmadamente. Se bem que em grandes gritos, que papagaio é ave sem medida nem música, o grupo é homogêneo. Cada um sabe o tom em que deve gritar, quando deve gritar e por que deve gritar. E quando deve se perder no azul, longe, alto, esplendorosamente. Entretanto, não sabemos a razão da perturbadora quebra de ritmo desses pássaros tão acostumados a um horário igual, todos os dias de todas as semanas de todos os meses, e que não perdem a hora nunca, e têm um reloginho nas asas, nos pios, e preenchem o seu horário como se Deus estivesse marcando para eles. E hoje estão desafinados, fora do ritmo e fora do horário... Que houve, afinal?

E então se vê, não mais que de repente, que meninos e adultos vão chegando para o botequim mais frequentado pelo pessoal dos passarinhos de gaiola. E entram muitos e saem, e falam em altas vozes e começam a se delinear pios sincopados, suaves, parece que uns respondendo a outros e são teimosos, rolam como cascatas, como escachoar de notas musicais, vão e vêm e recomeçam, são macios, acariciantes, também recomeçam em catadupa, mas sem aspereza. E, no entanto, sentimos que notas macias, repetidas, acariciantes, dezenas, centenas, nos fazem bem ao coração.

— Que foi? Que houve?

— A senhora não sabe? — pergunta um pequeno ainda com uma gaiola na mão, onde um pássaro em que predomina o amarelo se mata de tanto cantar. — Seu Tico da venda está fazendo um concurso de trinca-ferros.

Decoada

Festa mesmo, o que se diz festa, era na casa em certos dias, sem passeio nenhum. Minto. Sem passeio, não. A viagem era até ali, no hoje chamado *Rio do Bosteiro*, mas nessa época limpo, brilhante, tão transparente, de múrmuras águas claras, *chuáchuando* nos seixos rolados. E os peixes no raso, lambarizada de dourado rabinho vermelho, cruzando e recruzando os caminhos do rio. Mãe ia na frente, levando a grande trouxa de roupa suja na cabeça. Maneco logo atrás rolando o *bacião*, com o qual ninguém podia. Emídia arrastava mais uma bacia. No meio da roupa da trouxa os pães de sabão, o pito de barro e o fumo de Mãe, que fumava desde menina e que não largou do pito nunca.

A decoada durava o dia. Era ensaboar e esfregar, e deixar amontoada toda a roupa ao sol, para esquentar, que era isso a limpeza. Então esse pessoal não almoçava nem jantava? Mãe carregava farnel: tutu de feijão da véspera, farofa de ovo, angu frito, bolinho de fubá. Bem que Seu Juca dizia que nessa cozinha e nessa casa, tudo se acabava em farinha. Era um *come-come* o dia inteiro. Maneco pescava lambari de peneira.

A turma somente voltava à noite, arrastando o bacião e um cesto cheio de roupa ensaboada que ia no outro dia para ser amontoada no coradouro de poejo para cheirar bem, e tirar sujeira agarrada. A segunda etapa, no dia seguinte, era mais curta. Incluía a procissão do dia anterior, com a roupa lidada a meio. Enxaguada e torcida afinal, vinha pra casa e virava bandeiras dos varais.

Festa mesmo era em dia de quitanda, no forno de joão-de-barro. No dia da barrela da roupa. No dia de fazer sabão no fogão de tucuruva. E no dia da paçoca, de amendoim misturado com farinha e açúcar, no pilão. Pra café ninguém gostava. A festa desta vez foi a última fase do sabão, começada há que tempo! Primeiro juntar cinza de lenha. Depois armar a decoada. Zé era mestre nisso. Esperava-se que as gotas escuras, cor de terra, cor de borra de café, fossem caindo gota a gota na vasilha. Juntava-se o sebo, gordura de vaca, restos de toicinho, fundos de panela das frituras. Por fim, aquela mexida no tacho, com um fogaréu pra toda banda e a lama preta pulando num mar de bolhas. Mãe, descabelada, suarenta, mexia a tacha com colher de pau. E que ninguém chegasse ali por perto!

A vez da criançada ia chegar. Era despejar a lama na mesa do puxado, deixar amornar, cortar com faca e enrolar o que se chamava de pão de sabão, marrom-escuro. Mãe queria as bolas lisas, redondinhas, depois suspensas num cesto, no fumeiro, para endurecerem e renderem mais, no uso diário. Pão! Ela não tinha mais o que fazer, chamar aquilo de pão. Até que Cisco deu umas lambidas, e cuspiu espuma, gritando. Quanto mais lavavam a boquinha dele, mais espumava. Será que ele engoliu algum pedaço? Se engoliu, está frito. Sabão é veneno. Ai, meu Deus, Madrinha, o Cisco vai morrer! Cala a boca, negra agourenta, chame a Sá Ricarda, Emídia! Ela sabe dar jeito, e foi tanta gritaria, tanta confusão que Seo Juca abandonou a chave, em hora de movimento, e veio correndo ver o que havia.

— Que aporrinhação. Tirar um homem do seu trabalho por causa disso. Deem-lhe clara de ovo batida, e tudo se acaba.

Voltou correndo, e Siá Ricarda ia entrando com o raminho de alecrim que servia para benzedura de tudo quanto era doença. Barrela houve também. Com cambalhota, no campinho, e pedrada naquelas galinhas, que deixavam o pezunho de três pontas marcado na roupa alvinha do coradouro, perfumado de poejo. O xodó de Mãe. E com estas e outras, faltavam só três dias para o passeio.

Credoencruz

Havia certa mulher pobre, chamada Siá Ricarda, que morava numa casinha sem conforto que não tinha cômodo para banho. Então ela tomava banho de bacia na cozinha, e, com preguiça, ou com medo de abrir a porta, deixava a água para jogar fora no outro dia. Uma noite, mal se deitou, ela escutou uma barulhada de água na cozinha, parecia mulher se lavando, como costumava fazer, jogando água com as mãos no corpo. Ela se levantou depressa, foi à cozinha, estava tudo quieto. A água na bacia não bulia em nada, parecia vidro. Correu para o quarto, deitou, e logo começou o barulho de água na cozinha. Tornou a ir olhar. A mesma coisa, tudo quieto. Então chamou a filha, que estava dormindo, jogaram a água fora e nenhum som mais se ouviu. Siá Ricarda nunca mais deixou bacia de água do banho no meio da casa. E uma dor de cabeça que andava perseguindo Siá Ricarda desde há tempos sumiu, como coisa que fosse tirada com a mão.

Passeios em dias de antanho

Passeio, naquele ano, era na casa do Padrinho do Tonho, em Jundiaí. Ano passado foi na Aparecida. Ano retrasado, em Santana dos Tocos. E nem foi bem passeio. Foi uma espécie de romaria, num lugar onde uma rezadeira fazia milagres. E bem antes, na terra de Mãe, em São José do Itamonte. Desta vez, Jundiaí. O passeio não foi anunciado, mas a notícia seguiu os caminhos naturais e modificou bastante o ambiente da casa. Seu Juca logo notou. Nenhuma barulheira. O quintal varrido, soprado, que não tinha uma folha seca. Não vinha fedor do galinheiro. Tonho juntava diligentemente os restos de cinza e espalhava no chão, depois de amontoar o esterco no canto da horta, pra curtir. Sem ninguém mandar, nem mesmo sugerir, Maneco acertou o coradouro de poejo, antes de ir para o serviço. No outro dia, pregou a porta solta da despensa. Carregou a compra, sem resmungar. Emídia fazia a limpeza cantando. Mãe esfregou e bateu a roupa, meio pensativa, um riso escondido no canto dos lábios. E naqueles olhos de chim, herdados da mãe cafuza. E andavam todos pisando no ar.

Maria deu um encontrão no Tonho, que vinha pela sala olhando sem ver.

— Esse menino anda dormindo em pé...

Emídia espremeu uma risadinha.

Antônio acordou:

— Peste! — xingou, revoltado. — Peste, bruaca, pigoncha...

Dois gritos soaram ao mesmo tempo:

— Mãe! Ó o Tonho!

— Madrinha! O Tonho falando bocagem!

Ele não esperou pra ver o resultado de tanto apelo. Varou a sala, esterçou para a esquerda, grimpou goiabeira acima. Ficou na forquilha mais alta, como um Buda, sem sorriso, amarelo, no meio de flores e folhas. A árvore branquejava. No chão, um tapete de pétalas. O trem, ei vem, que ei vinha. Estames dourados, abelhas tontas, botões de ouro zumbidores. Devem faltar uns dez dias. Dá lá pro fim do mês. Ainda é capaz de precisar esperar o pagamento de Pai. Levou um bom susto com a ordem vinda de baixo, em tom incisivo, aquele tom gutural que usava quando não estava para conversa:

— Vai descendo daí, seu berdamerda! E tome conta do Francisco.

O que rendeu para o Zé foram inúmeras viagens no Alto da Igreja, que acabaram quando a Madrinha resolveu chamar a Tunica Tubia pra costurar em casa. Eu tenho máquina, Tunica, você fica aqui, almoça, janta, o serviço desenvolve.

As fazendas vieram da loja. Maria ganhou vestido novo, cor-de-rosa, de laço atrás, e mais um vestido branco, pra volta, quando ia entrar na congregação-das-filhas-de-maria. Para Mãe, uma saia ramada, de seis panos. Camisas para os meninos. Maneco vestiu o seu primeiro terno de homem e ganhou botinas pretas de elástico. Ele tinha feito 15 anos, era alto para a idade, desempenado, moreno-trigueiro, cabelos lisos bem pretos, olhos grandes. Falava macio. Boca bonita. Dentes brancos, certos. Mas ria pouco.

Durante os aprontos, Tonho foi de tarde brincar com o Cisco na areia. E no outro dia, Tonho foi brincar com o Cisco na areia. E no terceiro dia, Tonho foi brincar de tarde com o Cisco na areia.

E mais um dia, Antônio foi brincar com o Cisco na palha de arroz, de virar cambalhota. O que não era bom. No fim do dia, Mãe aprontava banho de pinga com fumo, para tirar o juçá. Doía, ardia, coçava, pinicava, pungia. Parecia que o corpo estava todo crespo e arrepiado. E não era para reclamar. Mãe tinha mão pronta e dura para dar coque na cabeça e tapa estalado pelo corpo.

Tonho era o mais desinsofrido dos seis. Quem disse que festa é no dia? Ela é no momento em que algum sabe que vai haver. Na compra dos sapatos, nas calças novas, na escolha dos laços de fita, no medo de não poder ir. Capaz de não dar. Pagamento é mais pra frente. Festa é na tristeza antecipada de prever obstáculos. E se chover? E se uma ventania destelhar a casa? A gente fica pra'í, arrumando o estrago. Se vinher um eclispo? Eclipse, ignorante – corrigiu Maneco, que estava no quarto ano do Prof. Salvador Barbosa, o bonzão de ensinar.

Eclipse em donde? Esse menino inventa cada coisa! Se não der tempo pra fazer as roupas todas? Eu vou com o parelho velho, que nem não serve mais? Se Pai inventar de...? Se Mãe ficar doente? Se morrer alguém? Aquela compadreirada lá de Canas, tudo velho. Se Pai inventar de...? Se Mãe ficar doente? Se morrer alguém? Festa é medo. É ir pensamenteando e se vendo com os olhos do muito imaginar. E no fim dá em nada. Eu posso fazer alguma arte na véspera e aí fico sozinho em casa. Ou não fico? Ou eu não vou e ninguém vai?

— Mãe, a Emídia também vai?

— Naturalmente, menino.

Imediatamente, Mãe caiu em si, percebendo que tinha confirmado o que ainda não estava certo, e consertou:

— Vai aonde?

Antônio preferiu não continuar a conversa.

("Até é capaz de dar algum desastre de trem, de que Deus me livre, amém Jesus. Mamãe, quantos dias faltam? Olhe na folhinha. Conte no dedo. Esse menino é chato!... O homem lá é meu Padrinho. Eu não conheço nem Padrinho nem Madrinha".)

— Quem foi contar pressas crianças desse passeio antes da hora?

— Ara! — comentou Emídia. — Tem alguém surdo e cego nesta casa?

E o Tonho concluiu:

— Eu só acredito quando estiver no trem.

De nomes e coisas

Fala-Fino, Pula N'água, Zé-pra-frente, Galinha Gorda, Mamica, Macarrão, Zé-do-Inferno, Boi-de-Argola, esses são alguns dos apelidos da gente cachoeirana. Gente. Mas as ruas também têm apelidos. Temos cá a Rua do Sapo, a Rua da Raia, a Rua de Baixo, a Rua do Grupo.

Os bairros também têm o seu codinome: o bairro do *São João*, outrora *Lagoa Seca*, e em parte *Maloca*; a *Turma 26*, que atende pelo nome de *Pé-Preto.*

Os ônibus... Os ônibus também? Ora, pois, pois.

O que vem de Silveiras é o vulgo *Cipó*, onde se penduram os viajantes da vizinha cidade silveirense, de gloriosa memória, e onde os liberais de 1842 resistiram bravamente. O outro ônibus, um que faz a *linha Cachoeira-Embaú-Quilombo-Embaú-Cachoeira*, responde pelo cognome de *Cata-Jeca.*

E não para por aí. Os times de futebol também concorrem com seu apelidozinho. Um que fica no Alto da

Igreja, caminho do único cemitério da cidade — e ao qual, devido à silenciosa vizinhança, puseram o apelido de Dois de Novembro —, desencadeou um sobreapelido: é denominado *Caveirinha*. Um outro clubinho da várzea é constituído de vários ex-craques, e de *jogadores-de-domingo*, geralmente pais de família que ocupam a manhã esperando que se faça em casa a gororoba (ou é gente fugindo de casa e da língua da mulher). Esse time é chamado — dos *Compadres*.

Nem os trens escapam. A máquina movida a carvão, negra, lustrosa, bonita, com os metais dourados brilhando, foi chamada *Maria Fumaça*. Um trenzinho misto, parador, que saía de tardezinha, na boca da noite, era, por isso mesmo, o *Bacurau*.

Visitação

Descendo a Rua do Aterro, diante da estação, de volta a casa, viram de longe as luzes. Ladrão? Lá em casa, Pai, olhe lá! Falavam aos cochichos, arrastando os pés, com muito medo de chegar. Ladrões não acendem luzeiros, disse o Pai.

— Vejam! — gritou Maneco. — Saiu alguém no portão.

O grupo parou.

— Ei, pessoal! — gritaram de lá. — Andem logo com isso.

Era Chicuta, irmão gêmeo de Mãe. Foi um choque, uma correria, um alvoroço, uma algazarra. Todos falavam ninguém entendia.

Então, Chicuta? Quando chegou? Quem é vivo sempre aparece. Maneco está um homem. Vem por aqui. Antônio, carregue a mala pequena. E o Maneco? Já entrou. Levou quase tudo.

A ordem principiou de se estabelecer, com o cansaço dos desordeiros falastrões. Mãe, afogueada, desabotoou a blusa, ficou de saia e cabeção. Os meninos tiraram casaco e sapatos. Coisa boa, chegar em casa!

Percorreram os compartimentos um a um, parecia que tivessem se ausentado um ano inteiro. Atrás deles, o cachorrinho cotó corria de um lado para o outro, ganindo, desorientado. O Pai guardou na gaveta de cima da cômoda o cebolão pateque-felipe, de corrente de prata.

— Mandei a vizinha matar dois frangos desses grandes carijós, eram uns quatro gordos, aí no terreiro — e preparar com arroz. Tá tudo na cozinha, esperando a fome de vocês. Se bem conheço a minha irmã, ela não passava de dois dias na casa dos outros.

Chicuta informou e ficou esperando, emproado, encarando uns e outros. A modo que esperava elogios. Pai e Mãe se entreolharam sem responder. Emídia se adiantou.

— Trouxemos farnel e comemos tudo no trem. Um senhor dum farnel. Estamos até aqui!

Correu o indicador deitado na garganta. Uma expressão de gula e êxtase transpareceu-lhe no olhar.

— ... A farofa de miúdos...

Parou e sururucou em direção à cozinha, a um olhar enviesado da mulher mais velha, carregado de maldade, antes sem destino, mas de repente centrado no indromista:

— Indromista!

Estava xingando quem?

— Só dois franguinhos... — meio que se desculpou Chicuta.

E, em seguida, disfarçando:

— O meu afilhado como vai?

Maneco, que tinha voltado à sala e não dizia nada, saiu do mutismo:

— Acho que o senhor está enganado, tio Chicuta. O senhor não tem afilhado nenhum, não, aqui em casa.

Antipatizava com aquele tio, que aparecia de vez em quando, para dar despesa e amolação. Inventava ordens, era suficiente, ocupava o tempo inteiro das crianças. Ralhava sem parar, por um nada. Maneco avaliou a elegância dele: sapato marrom e bege, calças claras, paletó de listas, camisa branca, imaculada, cabelo ruim, grosso, engruvinhado, repartido ao meio, e assentado a poder de brilhantina. E o cheiro? E o riso? E o dente de ouro?

— O senhor desta vez vai demorar aqui, tio?

Chicuta fez que não escutou.

— E o afilhado? — insistiu Chicuta.

— Acontece que, como eu já disse, ninguém é afilhado seu por aqui.

— Como não? E Francisco? O Francisco?

Maria, perversa:

— Então o senhor não sabe? É Francisco por devoção da avó Laurinda. A avó queria que Mãe pusesse o nome de Francisco das Chagas do Canindé, diz-que promessa. Mas o homem do cartório entendeu que Francisco de Assis é mais curto, mais fácil.

— E ficou por isso? Fosse comigo... — irrompeu Chicuta.

— Pai quis deixar assim mesmo, pra não encompridar conversa.

Esgotados esses e outros assuntos de igual importância, foram dormir. Chicuta na cama do Maneco que se arrumou na despensa, num colchão no chão. Chimbica no quartinho do meio. Emídia no seu vão atrás do biombo.

Maria tinha aposento de porta e chave, cômoda com tampo de mármore e quatro gavetas. Um laço de fita azul, acima do espelho.

Seu Juca já estava no segundo sono, no único quarto decente da casa, forrado de esteira de taboa. O resto eram cochicholos aproveitados e cantos atrás de cortinas, onde mal cabia uma cama de solteiro, uma caixa de guardar badulaques, um fio na parede, de prego a prego, para pendurar roupas passadas a ferro.

Antônio, de cabeça baixa, ficou na sala, limpando com a ponta do canivete a tarja preta embaixo das unhas. A hostilidade de Mãe, contra ele, quase que se podia cortar com faca, e ele perdeu a coragem de se afastar.

Mãe acabou de rezar, na frente do oratório, e desabafou:

— Você se salvou de boa. Se não fosse a visita...

Com a chicotada, ele se aprumou:

— Tio Chicuta agora é visita? É?

— Não fosse ele, a gente ia ter muito que conversar, Seu Antônio. — Ela disse em voz monocórdia, gutural, perigosa.

(É hoje. Esta história vai mal. Já virei senhor. Eu bem desconfiava que o negócio não ia morrer por aí.)

— A senhora e eu?

— Quem havia de ser?

— Qualquer um. Que me lembre não fiz nada de mal.

— Tirando o papelão de bancar o caipira. Teimou comigo. Me deixou morta de vergonha na casa dos compadres. Sabe do que eu tive vontade? De voltar no mesmo pé pra trás. O que não terão pensado de nós?

(Que a gente é uma caipirada. E — é isso mesmo que a gente é. Nós vivemos enfiados em casa. Na toca, é ver tatu.)

— Teimei não, Mãe.

— Falei que a Maria é que ia ajudar os meninos a se vestirem.

— Não sou criança. A senhora mesmo disse que estou no tempo de me virar sozinho.

Mãe fez um gesto escarninho. Ela queria, sabia e podia machucar. Maria apareceu na porta. Ao que parecia, tinha calculado o momento. Virou-se para o irmão. Senhora de si. Mandona.

— Vá para sua cama, Tonho. Já está arrumada.

Antônio hesitou um instante, palpitou quem ia ganhar, resmungou um "bença Mãe", disse mais qualquer coisa que não se entendeu. Mal se viu fora da sala, correu para o quartinho que ocupava de-a-meio com o

Chimbica, de onde resultava que, às vezes, amanhecia molhado.

Maria e Mãe se entreolharam num desafio. Mãe ia falar. Maria ia falar. Cada uma esperou que a outra abrisse o jogo. Sem mais nem menos, começaram a rir.

— Não vejo graça nenhuma — comentou a Mãe, ácida. E teve outro frouxo de riso sem poder se conter.

* * *

Chicuta tinha chegado de tardezinha; na véspera.

— Encontrei aquele tição que vocês deixaram aqui, com a chave e tudo, para zelar pela casa.

E, impositivo:

— Aquilo não dá pra saída, muito pequeno.

Crítico:

— Falta de juízo, deixar a casa em mão de criança.

A irmã se sentiu na obrigação de explicar:

— Pra zelar, não. Só pra abrir um pouco de manhã, tratar da criação e molhar as plantas.

— E que tivesse deixado — repontou o patrão, atingido — alguém vai censurar?

— Não. Ninguém. A gente fala por falar. Eu disse prele que não precisava voltar, que até amanhã ou depois eu tomava conta de tudo. Ele me conhece. Sabe que sou de casa.

— Ponham-me o cabrito a vigiar a horta... — rosnou o patrão

— Isso é comigo?

— Ora, Francisco! Deixa-te de partes!

— *'Pera'í*, cunhado! Cabrito não!

O patrão desconversou:

— Todo o mundo dentro? Tranque o portão.

Cada um dos dois guardou para si o pensamento final:

— Cabrito é a mãe — pensou lá consigo Chicuta.

E o patrão:

— Esse cretino não entende nada. Tem couro de elefante.

O João-bobo

Quem não conhece o João-bobo? É um passarão esquisito, feio, de olhos enormes, tristinho como as coisas mais tristes da terra: a morte, a fome, a miséria, a loucura. Usa uma espécie de fraque cinzento, sujo, com bolinhas amarelas. Tem o bico virado para baixo, como boca de menino que vai chorar. E fica horas e horas de olhos arregalados, pensamenteando, sentado no oco do pau.

No tempo em que ele era gente não morava no toco, e sim numa chácara, fora da cidade, com a mãe e uma irmãzinha. Era um menino como os outros, mas de uma burrice que fazia dó.

A mãe, certo dia, pediu-lhe que fosse comprar agulhas, na cidade. Vai o João, pôs as agulhas no bolso, e quando foi entregá-las à mãe:

— Ué, mãe! Estavam aqui agora mesmo!

— E não é? Menino esperto! As agulhas a gente espeta no chapéu para não perder.

— De outra vez farei isso.

De outra vez, a mãe o mandou comprar manteiga. João pegou o pacote, colocou-o na cabeça, enterrou o chapéu em cima. Era de manhã e ainda estava fazendo frio. Ele foi a pé para a sua chácara, o caminho era longo, o burrinho vinha carregado e João não poderia montar, para chegar mais depressa. O sol saiu e esquentou. A manteiga derreteu e escorreu pelas faces de João. Ele apertou o passo o mais que pôde, o que não o impediu de chegar à casa num estado lamentável.

— Mas o que é isso, meu filho? — disse a mãe. — Que horror! Que aconteceu? Você está todo lambuzado!

— A senhora não disse que eu devia colocar a encomenda no chapéu? Pois aí está no que deu...

— Mas, filho, eu falei das agulhas. A manteiga você podia bem ter jogado no jacá de milho.

— Está bem, está bem. De outra vez...

De outra vez, João comprou um pacotinho de sal, amarrou no jacá e veio tocando o burrinho pela estrada. Lá adiante, tiveram que passar por um rio, o sal mergulhou na água e dissolveu.

A mãe tornou a avisar:

— Meu filho, um pacote tão pequeno que você podia pôr no bolso.

— Sim, senhora. De outra vez...

Daí a dias, a mãe precisou de uma caçarola e pediu ao filho que fosse comprar. João-bobo comprou a caçarola, quebrou-a em pedaços pequenos, fez um pacotinho, enfiou no bolso e tocou para casa, muito satisfeito.

"Desta vez a mamãe não tem o que falar." Mas dessa vez sim é que a mãe falou.

— Você não faz compras mais para mim nem em sonhos. Palerma! João-bobo!

E depois se trancou no quarto e chorou um dilúvio de desgosto.

Naquele ano, houve uma grande festa do Divino e a Madrinha de João-bobo passou pela casa da comadre e disse:

— Comadre, vim buscar meu afilhado para ir à festa.

A mãe fez João vestir o melhor terno.

— João, meu filho, faça tudo o que a sua Madrinha fizer.

Antes ele não tivesse ido. No começo tudo correu bem. Mais tarde, como fizesse muito calor, a Madrinha, que era dessas velhas que usam sete saias, resolveu tirar uma delas. Dobrou-a e colocou-a sobre a cabeça. João tirou as calças, dobrou-as e colocou-as sobre a cabeça.

O povo da festa começou a rir. A Madrinha olhou para trás e deu com o afilhado só de paletó. Ficou com muita raiva e deu-lhe um beliscão. João, na mesma hora, deu-lhe também um beliscão, que a fez ver estrelas. No fim, houve um charivari tão grande na porta da igreja, que nem a festa do Divino viram mais. Madrinha e afilhado foram correndo para casa, um atrás do outro.

— Comadre do céu! Não quero ver seu filho mais nem pintado. Veja só em que estado ele está!

A mulher contou tudo à mãe de João, que o que fez foi chorar inconsolavelmente, por ter um filho tão bobo.

— Não faz mal, não, comadre. No ano que vem vou à festa com a senhora. Ele não sai mais de casa.

No outro ano, saíram as duas comadres muito pimponas, para a festa, e a mãe de João recomendou ao sair:

— João, meu filho, preste bem atenção no que vou dizer: você olhe direitinho aí o armazém, não venda fiado, não deixe ninguém entrar do balcão para cá, veja se a pata choca não sai do ninho, senão os ovos goram, e tome conta dos pintinhos para o gavião não pegar. Cuidado com tudo aí. Mamãe não demora.

Quando a mãe saiu, foi para o armazém, ali ficou servindo os que chegavam. Justamente na hora que servia um litro de vinho a um caipira, ouviu o grito do gavião. Lembrou-se dos pintinhos que estavam no terreiro e saiu correndo. O gavião se espantou e foi embora. Ele pensou um pouco no que deveria fazer e então amarrou os pintinhos uns nos outros e todos eles à galinha. Voltou correndo ao armazém, mas tinha deixado aberta a torneira do barril e o vinho alagava o chão. Fechou depressa a torneira e, para enxugar o chão, abriu uma porção de sacos de farinha de trigo e derramou no molhado. Nessa hora, o gavião piou novamente e ele correu ao quintal. Então viu a coisa mais impressionante que poderia ver naquele momento: mestre Gavião voava para longe, levando a fieira de pintinhos e mais a dona Galinha. João começou a jogar a mão de pilão para cima, para ver se acertava no ladrão e o obrigava a descer com sua presa. Nesse instantinho, justamente, a pata choca saiu do ninho para beber água, passou por perto dele, levou com a mão de pilão na cabeça e era uma vez uma pata. João correu para o ninho, antes que esfriasse e sentou em cima dos ovos. Nem é preciso dizer que ficou numa petição de miséria. Aí ficou desesperado de uma vez. Fugiu para o mato e começou a chorar, sem coragem de voltar para casa, depois de tantos desastres. Passou muitos dias na floresta, sem comer nem beber. Apenas chorava desconsoladamente, em voz alta. Então apareceu-lhe uma velhinha, Nossa Senhora disfarçada, que, com pena dele, transformou-o no pássaro João-bobo, e deixou-o sozinho, sossegado, num velho oco de pau.

Andante ligeiro

Chicuta deu umas voltas pela cidade, fez contato com uma porção de conhecidos, os cupinchas dele da Irmandade do Copo, disse Mãe. E voltou cheio das novidades. Algumas não pareciam boas. Mãe sacudiu a cabeça, baixou os olhos na costura e não falou.

Na hora que Seu Juca roncou no quarto, Zé saiu com um recado. Não levou uma hora e a notícia voou na cozinha.

— Sabe quem está aí, falando com Madrinha, na sala?

— Quem?

— A Margarida...

— Que Margarida?

— A Siá Margarida Capenga.

— Você viu?

— Vi. E vi o jeito do Zé. Acho que foi Madrinha quem mandou chamar.

— Como mandou chamar? Essa? Essa da rua de trás?

— Da rua de trás, essa mesma.

— O que elas estão conversando?

— E eu sei? Entrei lá, como quem não quer nada, Madrinha olhou pra mim daquele jeito que você sabe e eu fui tratando de dar o fora o mais depressa que pude. Coisa boa não é.

— O Pai... será?

Maria tomou o seu jeitão cogitativo, reprovador. E logo calaram a boca, e cada uma achou o que fazer no terreiro, porque a mulher ia saindo, arrepanhando a saia estampada. Só Deus pode lhe pagar, era a fala de Mãe. Que é isso? Mãe nessa mansidão! *Té* mais ver. E lá se foi Margarida, carão branquicento, comprido, boca grande, cabelos lisos, cortados feito beira de rancho, ralos, tingidos de um castanho esquisito, manchado; e um andarzão de mulher-macho.

— O que está acontecendo aqui, Zé?

— Na cozinha? Que eu saiba, nada.

— Engraçadinho, você. Acontecendo aqui em casa, de uns tempos pra cá. Com o Maneco. Eu acho.

— Eu é que sei?

— É, você é quem sabe. Mãe fala tudo pra você. Manda fazer recado. Você conversou com o tio Chicuta. Ele contou alguma coisa para você sobre a rua de trás lá do Alto da Igreja. Deu o recado e foi pra rua de trás. Pensa que eu não enxergo? Está vendo este aqui? — repuxou o canto do olho para baixo, com a ponta do indicador. — É irmão deste — repuxou o outro olho. — E eu escutei praga de mês.

Zé começou a rir muito alto, sem vontade.

— Então você sabe mais do que eu.

— Eu não vi e não escutei nada disso. Quero dizer, ninguém puxou conversa comigo, para me explicar que as coisas estão acontecendo aqui. Mas você está sabendo. E aí?

— Aí é o que eu vou descobrir.

— Pergunte pra Madrinha.

— Tá louco?

— Então pra Margarida Capenga. Ela é quem trança os pauzinhos.

— Que é isso? Dobre a língua. Dona Margarida e não tem essa de Capenga. Siá Margarida. Mãe não deixa nem a gente ficar na sala quando ela está aí.

— Fala com ela na rua.

— Eu?! Você está regulando, Zé?

— Por que não? — Zé desafiou.

Maria não se deixou levar.

— Porque Mãe não quer.

Zé pulou da taipa do fogão, agarrou a perna direita, dobrada, com a mão direita e começou a virar roda, pulando num pé só, nos limites da cozinha, ia e vinha.

"O que tem de novo?
Muita galinha e pouco ovo!"

— Medrosa! — cantava o Zé, indo e vindo.

— Cale a boca, diabo! Cale a boca! — A fala da menina saía raivosa.

Quando tinha desses tremeliques, não adiantava falar com ele. Antônio entrou na contenda.

— Zé Prequeté — gritou, para indicar a escolha.

“Zé Prequeté,
De rabinho em pé.
Tira bicho do pé!”

Cantilena de ninar para o Menino Morto

Francisco de Assis, Francisquinho, Cisquinho, Cisco, às vezes também chamado Chimbica pela criançada. Estava morto, anjinho em cima da mesa da sala, espichado, amortalhado em lamê azul, e, na pequena fronte, uma coroa de flores de papel crepom, branco. A casa num instante se encheu de gente. As comadres entravam, faziam o em-nome-do-padre, iam rezar, movendo apenas os beiços, enquanto olhavam compassivamente a feiçãozinha cor de cera. Elas esfregavam nos dedos a ponta do pano, todo bordado em *richiliê*, sob o caixãozinho, toalha que Turíbia tinha emprestado. Meninas traziam ramalhetes de flores do campo e melindre.

Chaleirão de café e a bandeja com torradas, sobre a mesa. De vez em quando uma rodada de dois dedos de pinga. Noite fria. Fazia-se roda em volta de um foguinho de tábua no quintal. A lua se escondeu atrás de nuvens pretas. O escuro na sala, encostando às paredes. Velas crepitavam, a chama de cada uma das quatro se inclinava a um sopro contínuo, gelado, vindo da janela e da porta aberta. Um que entrou de capote pesado, chapéu na mão, procurou o dono da casa.

— Se console, companheiro. O que Deus faz está bem-feito.

Não teve resposta. Olhou dentro dos olhos do outro, baços, avermelhados, de choro ou de passar sem dormir. Perdeu o jeito. Arrematou:

— A vida é assim mesmo.

A Mãe uivava no quarto.

Noite eterna de passar. Noite do nunca mais.

A sala se esvaziou. Ficou uma velha solitária, cabeceando.

Antônio passou a noite no meio de uma criançada de fora, numa cama que não era dele. Maneco dormiu sentado na porta do quartinho de despejo, encolhido de frio. Os outros estavam desguaritados por aí. Mais de cinco horas de um amanhecer vagarento, cor-de-cinza. De um em um, todos despertam. Terá sido um sonho? Variação? Povo assombrado?

Ninguém entre na sala, agora!

Cisquinho está dormindo.

Houve tempo em que morrer era festa

A coisa mais caridosa que se pode dizer a respeito de um morto é que está morto. Muitas coisas vão e vêm. Algumas não retornam e talvez não seja o caso de se lamentar. O medo da morte, por exemplo, parece que se acabou. Digo mal, o medo da morte, não, o medo do morto. E daí que os velórios estão ficando desenxabidos, com ar de velório mesmo e mais nada.

A morte não vinha das rodas dos ônibus em disparada, nem despencava do céu com os destroços dos aviões. Mas acontecia lenta e mansa, era esperada e às vezes até desejada. Dava tempo de chamar os parentes, dava tempo de compor as mãos emaciadas, de acender vela, rezar a comprida oração do anjo Custódio, enquanto o agonizante, numa sororoca de arrepiar, se despedia a custo, estertorando. A essas alturas a casa já estava cheia. Cheia continuava, quando principiavam a arrumar os ramalhetes; e cheia quando chegavam os parentes; e cheia durante a noite, com mãos prestativas, temperando água de melissa, fazendo café, e mexendo um caldo para a coitada da Finoca, há três dias não põe um grão de arroz na boca. As moças iam ao velório para namorar, uns para falar da vida alheia, outros para ouvir e contar anedotas. Alguns eram requisitados especialmente. Compadre Zé Piquira não pode faltar, tão alegre, coitado, é uma ajuda de Deus numa ocasião destas. E compadre se esbaldava, contando piadas e causos, e provocando risadas até amanhecer. Às vezes se distribuía pinga em excesso e tudo se acabava em conflito.

Choro eu... Chora você...

Seu Vicente Alfaiate, sentado à velha máquina Singer, não estava muito animado. Conversador ele não era, mas não perdia a oportunidade de fazer suas implicâncias e resmungar contra a vida. Pois estava quieto. Sá Marica passou pra lá, Seu Vicente estava parado. Passou pra cá. Seu Vicente estava parado, mas um tantinho caído do lado. Pôs-lhe a mão no ombro e ele caiu de uma vez, num desamparo. Aí a casa virou um turbilhão, Sá Marica no meio. Foi ela quem providenciou tudo. Chamou o compadre para ajudar a levantar Seu Vicente, acendeu a vela para colocar na mão dele. Não vá morrer sem luz, e não achar o caminho do céu. Mandou chamar cada filho e lidou com o marido sozinha, de olhos enxutos. Não derramou nem uma lágrima. Quando o enterro saiu, ficou na sala de jantar, pensamenteando só ela sabia o quê. E ali ficou sem uma palavra, enquanto todos se despediam, constrangidos, bom homem Seu Vicente. A gente sente como se fosse nosso pai. E quando estavam longe, desabafavam. A tristeza trespassou a coitada. Nunca ninguém viu coisa assim. Nem uma lágrima.

Com o correr dos dias, a vida no sítio retomou o seu curso tranquilo. Dobrou a serviçama, porque Seu Vicente, que sempre dava um ajutório, não estava mais lá. Os filhos se foram, cada um para o seu lado, os vizinhos deixaram de comparecer, e Sá Marica foi ficando sozinha, sem ninguém com quem falar. Terminava o serviço de tardezinha, sentava num canto, num banquinho, com a costura na mão, chuleando ou remendando. Daí, começou a pensar. Numa tarde, com tudo quieto, aqui dentro e lá fora, quando não se ouvia nem cantiga de passarinho, de repente lhe entrou coração adentro uma tristeza fina e mansa, mas tão dolorida, que os soluços subiram do coração e ela chorou, soluçante, um choro longo, comprido, cortado de soluços e terminado por longos suspiros de alívio.

— Mas aí, do que adiantou? — comentou Sá Marica quando contou o caso. — Aí não adiantou de nada. Chorei, mas não tinha mais ninguém pra ver...

Deve haver algo escrito a respeito das nascentes do choro. Como farão os artistas de teatro, atores e atrizes, para chorarem na hora certa? É mais fácil provocar o riso, ou rir sem vontade.

Antigamente era um axioma: homem não chora. Pranto é coisa de mulher. Hoje homem chora sim. Usa brinco, faz maquiagem, sai de roupas femininas no bloco das Piranhas e até casa com outro homem.

A pergunta do poeta é: Por que chora o homem?

Por que chora o homem? Que choro compensa o mal de ser homem?

Chora de comovido? Quando compreende afinal? Ou talvez chore de compaixão de outros. Talvez chore de compaixão por si mesmo.

Sem choro nem vela

Estava na hora do expresso. Antônio se ofereceu para carregar a mala.

— Não carece — disse Maneco. A cara esquisita, os olhos meio apertados.

— Eu vou indo, pessoal. Eu já vou indo. Até a volta.

— Deus lhe guarde — disse Mãe em voz baixa.

Ficou na porta, nem no portão não saiu, vendo o filho ir sumindo, apequenado, figurinha de desenho esfumado, no rumo da estação. Atravessou a linha. O trem, chegando, o apagou, apagou as figuras todas. Parecia que esse trem tinha passado por cima dele, deles, de tanto que doeu. A família inteira olhava, em silêncio, na mesma direção.

— Ele olhou pra trás, Maria? — perguntou Mãe.

— Não sei. Daqui não dá pra ver.

— Deixe de história! Você divulga as horas no relógio da igreja, lá no alto, que é mais longe.

Antônio interveio:

— Ele nem pensa que a gente está olhando.

— Está sentido de ir embora — completou Emídia, pegando o rumo dos comentários. — Maneco é muito amoroso.

— O sol atrapalha... — começou Antônio, novamente.

Maria cortou em voz baixa, intensa:

— Largue de mão, Mãe!

E nós? indagavam seus olhos ansiosos. Mãe não atendeu a nenhum. Virou as costas, resmungando:

— Lá se foi o bauzinho. Agora não tenho onde pôr os meus guardados.

— Grande coisa! — era a Emídia. — A senhora só guarda carta de missa de sétimo dia e de enterro.

— É.

Colecionava mesmo cartas — convenientes, fúnebres, tarjadas de preto, encimadas por uma cruz. Mãe tinha essa mania.

Quem não trabalha, que não coma

— Maria precisa aprender uns trabalhos mais finos. Isso de arrumar a casa, lavar, passar, ela já sabe bem. Já é dona de casa. A Mariana está querendo mais uma aprendiz na oficininha dela.

— No *teliê,* Mãe.

Depois de muita conversa, pra lá e pra cá, visitas da Mariana, visita da Madrinha, Zé foi levar uma cesta de ervilha-verde, milho e feijão-miúdo, Mariana mandou um rocambole com recheio de goiabada, e ficou tudo acertado. Maria entrou de aprendiz, de onze e meia às cinco, mais do que isso já era o escurecer. Sabe o Juca como é, e o Maneco está de caixeiro na loja do Cipriano, que fecha às seis e meia. Eu não tenho tempo. O Francisco é muito levado. Juca tem os dias de pernoite. Tenho de cuidar do de comer e tratar da criação. E é roupa pra lavar e passar. Maria vem às cinco.

A caixinha de costura foi uma aprontação sem fim. Tinha de um tudo: retrós de quatro cores, carretel de linha preta, carretel de linha branca, dedal, agulheiro, botões de calça e de camisa, fita métrica, tesoura, alfinete de cabeça, alfinetão de fralda (*praquêisso?*), viés.

A toca do Zé

Maria falou por alto com a Mãe que o Zé não tinha onde ficar.

— Disso sei eu. A Siá Ana morreu faz bem uns dez meses.

— Ah! A senhora sabia.

— Sabia do quê?

— Da Siá Ana, que ela era feiticeira? Que ela era mãe do Zé, que ele dorme na rua...

— Na santa cruz, no rancho, em alguma casa em construção. Ele se ajeita. Siá Ana não era feiticeira e nem era mãe desse menino.

— Quem falou em feiticeira? Ora, mamãe! Ora, mamãe!

Zé:

— Padrinho, se o senhor precisar de algum serviço meio urgente, eu posso ficar um pouco mais, depois do anoitecer.

Antônio:

— Pois é. Na hora que a gente precisa mais do Zé, ele vai embora. Aí eu tenho que recolher material pesado, tenho que molhar a horta, tenho que...

Madrinha:

— O quartinho da lenha está vazio. Eu até tenho um pouco de medo de sair no quintal à noite.

Patrão:

— Sair no quintal de noite, pra fazer o quê?

A Madrinha:

— Às vezes chove. Às vezes preciso recolher roupa...

Maria:

— Descascar marmelo é de noite; escolher feijão é de noite. Cozinhar pinhão é de noite. Encher o canto de lenha é de noite. Tem muito escravo aqui, pro serviço.

O Pai rosnando:

— Dou-lhe uma tapona...

Mãe, definitiva:

— Então o Zé vai ficar.

O que resultou num diálogo cheio de intenções não declaradas:

— *Cê* fica aqui. A saber, você é como qualquer um dos meus filhos.

— É isso que eu quero, Madrinha.

— Cale a boca. O *rijume* é igual para todos. Comigo não se brinca. Serve?

— Naturalmente. Até agradeço...

— Cale a boca. Você fala demais. Olhe pra mim, olho no olho, e responda. E responda claro. Serve?

— Serve.

A menina do laço nos cabelos

Maria tinha sumido, mas o Zé, que saiu procurando, sabia mais ou menos onde ela estava. Na horta, atrás da moita de maravilha, escondidinha. Era ali que ninava as bruxas de pano. Cantando o "Dorme nenê, que a cuca vem pegar" e uma cantiga de igreja, muito antiga: "O coração santo tu reinarás".

— Que é que está fazendo aí, menina, com essa friagem? — censurou o menino, docemente, quando a viu. — Aí! — quase gritou. — Está tremendo. Foi bom que me lembrei de trazer o xale da patroa. Pegue ele e se enrole!

Maria não agradeceu. Demorou o olhar no rapazinho escanifrado, ele também sem agasalho, pés grandes, canela ruça, cara de fome, e o Cisquinho morto, meu Deus! E Mãe tão desesperada.

A menina começou a gemer, sentada no chão, balançando o corpo de um lado para o outro como uma velha, as duas mãos entrelaçadas diante dos joelhos dobrados. E começou a litania:

— Ai, meu Deus! Ai, meu Deus, ai meu Deus!... — sem parar, até que se recostou nuns espeques de trepadeira e pareceu estar dormindo.

Pausa. Os galos cantaram. Galinhada daí a pouco pulava do poleiro e ciscava. Tudo que se movia elas bicavam. O sino bateu, o depósito das máquinas apitou. Gente começou a passar pelas ruas, falando em voz alta.

Maria deu um grande suspiro, abriu os olhos.

— Dormiu um soninho? — perguntou Zé, que estava ali ainda. — Faz quase uma semana que em casa ninguém dorme.

— Ah!

— Você não foi pra casa.

— E a sua gente? — Maria perguntou, ainda fungando um pouco.

— Não tenho ninguém. Fui enjeitado.

— Você nunca falou de quem criou você...

— Ninguém me pergunta nada. Eu não sou oferecido.

— Então quem?

— Siá Ana...

— Benzedeira?

— Feiticeira.

— Siá Ana?!

— É, Maria. É ela, Siá Ana feiticeira. Já falei.

— Você é malcriado. Está xingando mãe.

— Não, Maria. Nem podia. Eu não sou melhor do que ela. O que ela foi eu também sou. Ela me deu de comer, um canto pra dormir, e deu ensino. Eu nem isso não fiz e não vai dar pra fazer pra ninguém.

— Você maldou mãe.

— Me ensinou de um tudo. O rancho era limpo, varrido, soprado, caiado. Panelame areado. A roupa alva, lavada no ribeirão. Que ela sabia lavar uma roupa. Lavou roupa fina dos outros, anos e anos, pra me dar de comer. Por amor dela eu, sozinho, não me aperto. Sei cozinhar, sei trabalhar. Ela não pegava uma agulha, um isto dos outros, nem um tomate podre. Também sabia tratar com pobre e com rico. Foi empregada em boas casas na cidade. Não judiava de bichim de Deus. A bem dizer, era mãe de quanto cachorro e gato perdido alguém jogava na porta do rancho.

— *Cê* chamava ela de mãe?

— Não que me alembre.

— Vergonha?

— Ara! Ela nunca deixou. Me pegou no tempo em que eu engatinhava. Mãe, não, que ela dizia. Sua verdadeira mãe anda praí. Qualquer dia volta para buscar o filho, quando o filho servir pra alguma coisa. Siá era assim.

— A mãe verdadeira nunca voltou?

— Nunca.

— Mas você não está com Siá Ana. Está aqui.

— Decerto. Vou contar pra você uma coisa que nunca contei.

Maria implicou:

— Não contou por quê? Vergonha?

— Segunda vez que você me pergunta isso. Eu não me incomodava de todo o mundo saber que sou filho de macumbeira. Que ela me deu de comer. Que me resguardou. O que a pessoa é não pega na gente. Deixe eu contar. Um dia, cheguei em casa no anoitecer. Dentro de casa já estava bem escuro. A gente não tinha dinheiro pra comprar querosene nem vela. Siá deitava cedo. Entrei quieto, virei a taramela devagarinho, pelo lado de dentro, fui pro meu colchão pé por pé. Nem pedi a bênção. Dormi um sono só, estirado. Eu tinha andado com o tabuleiro das rosquinhas, por longe, qualquer dia eu conto onde. De manhãzinha bem cedo, levantei, fui me lavar na bica, voltei. Siá, no canto, não se mexeu. Cheguei perto. — Siá Ana! — pus a mão nas costas dela, levantei no repente e saí desembestado, sem rumo, pelo caminho, gritando nome de santo e de Nossa Senhora. Clamei para um e pra outro na rua, me levaram pro seu doutor delegado. Ele pegou a perguntar e eu num choro destemperado, só gritando: Me deixe, gente! Que ela está morta! Minha mãe está morta. Foi a primeira e última vez que chamei Siá de mãe.

— Aí sua verdadeira mãe veio.

— Capaz!

— Faz tempo que Siá...

— Mais de dois anos.

— E onde você morava antes de... de...

— De arranchar aqui? Eu? Embaixo do meu chapéu.

Primeiro ela riu. Depois, riram os dois juntos. Depois, Maria chorou de novo, de mansinho, suspirando.

— Filho de Siá Ana, benzedeira. Eu nem sonhava.

— Feiticeira. Desde pequeno que eu escuto esse nome. Perto de mim nunca ninguém fez cerimônia. Naquele tempo eu já trabalhava. Com nove anos levava um dinheirinho, pouco, pra casa. Vendia as rosquinhas da Siá Mariquinha.

— De quem?

— Da mulher de João Anjo. Coisa fina. Alguma vez passei por aqui, na sua casa. Ofereci. Nunca compraram. Muito caro.

Maria olhou para ele, ofendida.

— Não é para nosso bico, não é? Mãe também faz quitanda em casa. Nós comemos bem. Pode não ser trem de luxo...

— Muito bem — disse ele, condescendente. — Pra vender pro povo das avenidas tem que levar muito ovo, muita manteiga...

Reparou no rosto dela, contraído, na linha dos lábios franzidos. Ela estava feia.

— Não estou mal comparando...

— Chega de conversa! Eu vou lá pra dentro.

— Fique mais um pouco. Agora é que vai esquentar. Qualquer coisa, eles chamam a gente. Sabe que eu passava sempre aqui, sem ser pra vender? Aqui tinha o Antônio, que ria pra mim.

— Ele é muito dado.

— É. Ria pra mim. O pequeninho já estava andando.

— Tadinho do Cisco! Tinha todos os dentinhos. Falou o meu nome assim: "iiia", primeiro que o nome de Mãe. Já estava falando "aua", "balonco", "béco" e "teiéia bum-bum", quando passava o bloco do João Africano.

— Queria dizer o quê?

— "Balonco", tamanco. "Béco" é prego.

— Tamanco e prego. Coisa engraçada para começar!

— Quando ensaiou de andar, faz uns dois anos, era eu que segurava por trás a sua roupinha de pagão. Camisolinha.

Zé procurou desviar a conversa.

— E tinha uma menina do cabelo trançado. A trança jogada nas costas, com uma fita na ponta. A menina saía cedo para a escola... é mesmo, Maria! Você não vai mais pra escola da dona Quininha? Era lá, não era...? Tinha vez que eu... Que é que foi!?

Maria, sem mais nem menos, tinha caído num choro, tão desatinado e convulsivo, que assustava.

— Do que cocê se alembrou, menina de Deus?

— Nada. Não foi nada.

— Como não foi nada?

Os largos soluços foram se espaçando. Maria tentou sorrir, de modo desamparado, sentido. Zé começou a esgaravatar com um pauzinho o canteiro de remédio mais próximo, sem olhar pra ela.

— Cisco está no céu — disse ele.

— Não estou chorando por causa do Cisco. Estou chorando porque a minha vida me dói. Estou chorando a sua tia feiticeira e a escola pra onde eu ia e agora não vou. Mãe disse que sou moça, que não preciso aprender tanto, o que sei já chega. Que ela não sabe ler e não fez falta. Que eu já sei demais. Estou chorando porque Pai não quer casar com Mãe. E é por causa do Cisquinho, sim, foi por ele que chorei, quem disse que não? Dei uns tapas nele, porque não tive paciência, mas eu queria bem demais o Cisco... Era tão bonitinho, não podia morrer. E eu estou aqui no mundo sem saber meu rumo. Estou chorando é por mim. E agora, vá embora, pelo amor de Deus!

E vá de chorar novamente em longos soluços, cada vez mais fundos. Zé, de cabeça baixa, escutando, com vergonha de escutar, cavuca o canteiro, largou do pauzinho, pegou numa lasca de bambu. Acabou com o alecrim e a hortelã da Madrinha. E, como o silêncio substituísse os gritos de Maria, voltou o rosto para ela. Viram faces brilhantes ao sol recém-nado. Os olhos, ávidos, estranhos, desarvorados, prenderam o olhar dele. Como é que se pode perdoar esta vida, quando uma menina olha pra gente desse jeito?

Às nove horas, de paletó branco — era o luxo dele — Zé acompanhou o enterro.

Burro?

Ficou de costas para o verde. Bem longe, fundo de espelho, o rio Paraíba. O mais duro era chegar à prefeitura, subir a escada, todo o mundo vendo, e ir falar com o Seo Prefeito, e falar o quê?

Juca disfarçou o amor doloroso, fazendo um movimento de pouco-caso com os ombros, e fugiu. Agora andava destrambelhadamente, vamos, já é tarde, tens que o fazer, anda, madraço! Fingindo que não ia por preguiça, e pensando que nunca se sabe mesmo direito o que fazer nem para onde ir.

— Honória — perguntou logo da porta —, o que será bom para sarna de burro?

— Sarna? Que burro?

— Sarna de qualquer burro, ó estúpida.

— Esfregar limão-brabo, partido pelo meio. Esquentando no fogo com sal.

— Limão-china, queres dizer?

Honória enviesou o olhar, sem deixar de mexer a panela preta, no fogão de lenha. A labareda subia. Luzes, cambiando do amarelo-claro ao vermelho-sangue, com uns laivos de azul, lambiam-lhe o rosto.

— *Cê* comprou um burro?

— Vamos ver.

— De que te ris?

Honória tirou o cachimbo da boca e cuspiu. Juca, estimulado pela raiva, flechou para o lado da prefeitura.

O quartinho de lenha

Era num galpão feito aos tapas pelo moleque Zé-Inácio. Num canto do galpão recoberto de sapé, no cômodo erguido por cima com bambu trançado, chão socado de terra de formiga, seu feudo, Seu Juca entregou para o Zé morar.

Ele barreou o quarto também chamado de quartinho de lenha, tirou as goteiras, fez prateleiras, arrumou porta da entrada para trancar. Fez cama de cavalete com estrado, socou o chão com as terras de formiga. Lá estava seu feudo, tão pobre que era um dó. Mas tinha tramela por dentro e cadeado por fora. E o cavaquinho estava lá, pendurado gloriosamente na parede. A princípio Seu Juca não queria que fosse recoberto como as choças dos caipiras.

— Sapé pega fogo com muita facilidade.

Tangia as cordas.

— Seu Juca quer que chegue à terra de milho?

Era o Zé-Inácio. Ao mesmo tempo que pulava com um pé só, suava nesse momento.

A voz gutural do Manuel Português, o implicante:

— Ó da Butelha. Ó da Butelha — querendo ofender.

— Queres ofender, bruto? Da Butelha é tua mãe.

— Vamos lá, ô Juca.

E foi andando depressinha em direção à caça.

— Vamos à caça.

E assim o Zé foi buscar a enxada.

E assim teve entrada na casa do Seo Botelho.

Um certo paletó branco

Mudancinha de Zé era de uma pobreza! Um embrulho, todo o mundo querendo saber do quê, uma esteira, um cobertor esfiapado na ponta, um par de chinelos de dedo, um pedaço de sabão, um saco de estopa dobrado, um pedaço de espelho, um saco branco alvejado. O paletó veio embrulhado à parte, num papel de pão. Esse, Zé largou na tina do quintal. Estendeu no coradouro, para clarear ao sol, bateu, enxugou, sacudiu, esticou no varal.

— Passar, pode?

O ferro de brasa, na porta, contra o vento. Passou a peça com maior cuidado.

— O quê! Você sabe...

— Siá me ensinou.

— Prata fina de mulher — reconheceu a Madrinha. — Caprichosa, trabalhadeira. Direita.

Zé pendurou a roupa atrás da porta do quartinho da lenha. Maria foi olhar da porta a arrumação. A canastra, feita de tábua de caixote, em cima de um estrado de tijolos. O tapetinho de saco, no chão varrido. Pendurado num prego, o paletó. E, mordaz:

— Tapete... Arranjou *adonde*? Paletó engomado! Quando você morrer, em cima da sua tumba eu vou mandar gravar: "José Andante da Silva, aquele que possuía um paletó branco engomado."

Difícil ler as horas no relógio da igreja. Muito longe, muito claro, tamanho não ajuda, sol quente reverberando, o ar trêmulo, o reflexo do rio-espelho. Os olhos se enchiam d'água. Aos poucos, Zé concentrou a vista. Dava para ver bem.

— Quase uma hora. Hora de ver que bicho deu.

A voz sai rouca, quando se precisa fazer esforço para falar como quem não sente.

Catedral submersa

De dia não se vê. As águas tremem tanto, arrepiadas pelo vento, e o sol é tão fino e coruscante!

Os olhos estão demasiadamente cheios de claridade e das cores, de sol e de cintilações. É muita a luz. Não dá para ver. Depois, há muito que contemplar, longe e perto. Como tinta derramada, pelo pasto, se estende o verde-abundante do capim-gordura, capim-membeca, capim-melado, onde engordam e se arredondam, com pelo lustroso, as vacas do Joaquim Pedro. Temos que olhar para os ingazeiros que se curvam gentis, cumprimentando. E temos que olhar para os chorões que, num lento gesto de mágoa, lamentam não sei que desditas da sorte.

Pela manhã passa o bando de pássaros azuis das escolas. Andorinhas, em azul e branco, muito gárrulas e muito chilreantes. As marrequinhas do banhado erguem voo aos bandos, ruflando as asas, desaforadas:

Qual! Qual! Não dá para reparar no espelho da água tranquila.

Passam os leiteiros em carroças, sacolejando as latas. E os burricos de cangalhas escuras, e orelhas em pé. E boiadas em atropelo, animais esbarrando uns nos outros, sujos, cascos barrentos, orelhas pendentes. E o boiadeiro com a boca no berrante, arrancando tão sentida queixa! A poeira se ergue, redemoinha, o vento a leva. Quem vai reparar no espelho da água tranquila?

À tarde o passo é mais lento, o ar mais sereno, as cintilações se apagam num tom neutro, entre cinza e lilás, e as águas se alisam, múrmuras. Os lambaris feitos de prata e sol se esconderam no fundo. Tardinha bem tardezinha de mugidos longos nas pradarias, os passos na ponte têm um sentido de retorno e um jeito de fadiga. Igreja, não é nenhuma, porém a matriz de Santo Antônio, muito lírica, toda clara e alongada, de pontas agudas, em estilo romano, está sobre a colina como uma grande garça prestes a desferir o voo. Começam a se delinear na água quieta os seus contornos. Ainda muito esfumados, muito apagados. Quando o martim-pescador roça na água (que reflete um sol de sangue) a ponta reta da asa, ela estremece um pouco. Assim como estremece quando o pescador atrasado para o jantar joga pela última vez a linha. É à noitinha que percebemos afinal que há uma catedral submersa. Quando se acendem as luzes. Dentro da água negra, mais espessa não sei como, calada que impressiona, a igreja surge traçada em pontas de luz. Nem um brilho, nem uma asa, nem um murmúrio.

Amarelo sobre o negro, a catedral no fundo d'água mais real e mais bela que a que vemos todo o dia, todos os dias, o ano inteiro, garça branca na colina. Ah! É mister que a noite venha, que venha a treva, para vermos.

Submersa na noite da ausência a catedral quão bela se destaca, só, serena, com um brilho lustral de água ou de lágrimas.

(Nem uma cintilação, nem uma asa, nem um murmúrio...)

Dores velhas

Zé jogou o corpo de fio comprido no chão, ou se abandonou, sem posição pra mágoa. Encostado o rosto na folha seca ainda orvalhada, a amargura do mundo desabou em cima dele. Ficar para sempre ali deitado. Nunca mais escutar fala de gente, nem guaiú de bicho. Nunca mais abrir os olhos para espiar nesgas da vida. Nunca mais sentar na taipa do fogão e dar risada. Chorar não podia, nem queria. Chorar o quê? Por quê? Pra quê? O que eu perdi, que não tinha? Devagarinho tomou conta dele um choro de arranco, estertorado, seco. Que fiz eu pra Deus? Senhora pudesse e me acudia, Siá Ana, minha mãe.

E foi a segunda vez que chamou Siá Ana de mãe.

Quando Madrinha passou, dali a pouco, ele estava encolhido, de lado, o rosto na terra, um resto de choro na respiração suspirada, a mágoa nos cantos da boca, nas pálpebras descidas. Um ar de criança que apanhou sem merecer e chorou até o sono chegar como um alívio.

Ela levianou o passo e foi pé por pé pra cozinha.

Todo o mundo estava lá, mas nesse dia barulho nenhum. Até Emídia de boca fechada.

— O Zé está dormindo no chão — Madrinha anunciou.

Maria se voltou a meio, franzindo a testa.

— Dormindo?

— Que foi que eu disse? Não disse que estava dormindo?

— Caiu da cama?

— Dormindo no caminho.

— No chão? Bebeu?

— Ele não bebe. Dormindo. Só isso.

— Só isso, não pode ser. A senhora está escondendo o quê?

Madrinha fechou a notícia com uma frase seca, imprevista.

— Ninguém ensinou aquele menino a rezar.

Desvalias

Tonho sentou no quartinho enfumaçado do Zé e chorou.

— Hum! — que o Zé comentou, franzindo um pouco a testa.

Fogo da lamparina crepitou alto. Quartinho do Zé não tinha luz elétrica. Era no querosene.

— E então?

— Então que Mãe quer me mandar pra fora de casa

— Quer mandar, ou...

— Mandou. Já mandou. Me escorraçou feito cachorro. Eu não sou filho, não sou ninguém.

— Bobagem!

— Porque não é com você. Fosse...

— E eu não estava feito bezerro desmamado. *Ocê* não disse que ia pra casa do Padrinho? Agora vai.

— Que vai, Zé? Que vai? Eu sou lá gente nenhuma de ir chegando na casa dos outros...

— Dos outros não, do seu Padrinho...

— ... e ir entrando, e vou falar “Mãe me tocou”. Ah! Antes me pinchar no Paraíba!

— Hum! Chora não. Tamanho homem. E essa trouxa aí?

— Minha roupa, meus trastes.

Zé deu um fungo:

— *Cê* falou que queria ir. Sua Mãe concordou. E agora você chora.

— Não ri, não, Zé! Você não ri!

— Não adianta ficar furioso. Pegue o travesseiro. Deite aí, nos pés. Quer água? Na moringa. Friinha. Da mina. Eu vou conversar com Madrinha.

— *Ocê* vai o quê? Ficou louco?

— Fiquei sim. Fiquei louco. Pegue o cobertor e durma.

Zé pensou lá consigo:

— Esses meninos só servem pra dar trabalho.

E dali saiu assobiando.

Tonho soluçou, fungou, suspirou. De repente, Zé era pai e mãe e estava tudo arranjado.

Na cozinha, no outro dia, bem de manhã:

— Conta como foi, Emídia. Você viu?

— Tudinho.

— E Mãe deixou você espiando?

— Quê! Eu estava escondida atrás do armário. Foi assim, aquela fala esquisita, no fundo do papo...

— Mãe não tem papo.

— São modos de dizer. Aquela voz: Antônio, venha cá! A trouxa estava ali, de banda, no chão, amarrada. Sim, senhora, sim senhora! Eu não fiz nada, Mãe, eu não fiz nada... Nem vai fazer. A Mãe falando com aquela fala esquisita de papudo. Encostou a correia no Tonho, de mijar. Jogou a trouxa na porta de rua e deu as ordens. Agora pegue o que é seu e vá embora pra casa do seu Padrinho.

— E o Tonho?

— Agarrou a orelha do amarrado e deu a volta por trás da casa. E eu não pude sair do cantinho do armário porque Madrinha...

— Bom dia, gente. Todo mundo pra sua obrigação!

— Bença, Madrinha! Bença, Mãe!

— Deus abençoe. O que é que tem a Madrinha, Emídia? Você estava dizendo...

— Nada, não senhora. Eu ia perguntar se a senhora já tinha tomado café.

— Não. Nem quero. Arrume um café com leite e quitanda e deixe no quarto do Zé.

— Ele está doente? O Zé?

— Que eu saiba não.

Quando Emídia deixou a bandeja com o café e quitanda no quartinho do Zé, o gordo estava ali mesmo, deitado nos pés da cama, e ainda ressonando.

Ponto final

Maria atendeu à porta e veio depressa. Passou pela Mãe e soprou:

— Sabe quem está aí? A Emídia...

— Aí onde? — perguntou Mãe com todo o sossego.

— Na sala. A Emídia. Está lá sentada como uma grande dama.

Disse e continuou o caminho para a porta dos fundos da casa.

Nem queria ver como ia ser aquele encontro. Mãe e seus olhos de chim, e a sua grande boca de palavras contundentes e a sua raiva cozinhada em todos aqueles anos em que ela não disse um a.

— Como vai, Madrinha? A senhora sempre bonita. Vim sem avisar, pra fazer uma surpresa. Há quanto tempo! Tive muita saudade, Madrinha.

A voz de Emídia desafinou. A de Mãe soou baixa, aquele murmúrio venenoso:

— Não perca o seu tempo com conversa. Você saiu daqui faz dezenove anos, pela janela. Vai sair agora, pela porta.

Mãe não tinha sentado. Virou as costas para a visita e saiu da sala, para a parte de dentro, arrastando os chinelos.

Conto de Natal

Quem atendia à porta era uma caipirinha matreira, de olhos negros buliçosos, riso muito cheio de covinhas, a cor da boca bem cortada avivada com batom vermelho, e o cabelo escorrido de cabocla encrespado a papelote. Seo João Caetano teria seus cinquenta bem contados, mas o riso dela o encorajou. Demais, ela sabia as respostas, tinha ensino, não era nenhuma lambeta da cidade.

— Sua graça, inda que mal pergunte — que ele falou em tom meio enleado.

— *Prigunta* bem. — Ela deu a contrassenha. — Maria das Dores, sua criada.

— Criada de Deus — secundou Seo João, tocando no chapéu de palha.

E foi assim, isto é, terá havido um antes. Quem pode colocar o princípio das coisas no seu verdadeiro princípio? Foi o olhar que promete e negaceia, foi o muxoxo de falso pouco-caso, desmentido pelo sorriso, foi a conversa sem sentido, mas entremeada de dúbias significações. A certa altura ele se sentiu autorizado a fazer as perguntas fundamentais. Das dores, *'cê* gosta de mim? Não faz mal que eu sou um rapaz de idade? Domingo posso ir na sua casa pedir casamento pro seu pai? Respostas? Que são respostas? Ah! O sorriso luminoso da Das Dores, ah! o brejeiro sorriso de Das Dores!... Se eu tivesse um franguinho, disse a modo de resposta, eu fazia um almocinho melhor pra *mecê*. Foi a conta pra Seo João Frangueiro lhe levar um jacá de frangos gordos, carijó de crista vermelha, e uma franga nova, de boa qualidade, "pra criar".

Os dois caipiras mais velhos acertaram o negócio, no meio de muita baforada de cigarro de palha enrolado com fumo do Quilombo. Faltavam alguns dias para o Natal e entre um sorriso cheio de covinhas e um olhar de inesperados brilhos, Das Dores lamentou não poder festejar, que a gente gasta muito e o dinheiro do pai não chega pro supérfluo. E Seo João na mesma semana deixou em casa do sogro mais um jacá com meia dúzia de frangos gordos. O diacho foi o baile de batizado na casa de um compadre. Das Dores foi, e sapecou com vontade. Seo João deu o estrilo, decretando com autoridade de noivo: Das Dores, *'cê* não dança baile mais. Homem não põe a mão na cintura de mulher meu. Ah, a risada de Das Dores, e as coisas cruéis que uma caipirinha de quinze anos pode dizer a um homem de cinquenta. De'estar, disse ele, eu vou buscar os frangos. Foi. Não adiantou nada. Já tinham sido comidos à razão de um por dia, e Seo João não tinha mais arma nenhuma contra Das Dores.

Do outro mundo

— Eu não estava dormindo — disse Mãe. — Relanceei os olhos para o lado. O Juca, roncando. Na sombra da porta, o Maneco.

— O Maneco?

— Eu sabia, com juízo claro e aberto, que ele estava ali. E sabia ao mesmo tempo que isso não era possível. Tinha morrido sim. De onde eu digo que não estava dormindo. Afundei em meia madorna. Quis virar, quis falar, não pude. Meu corpo inteiro amarrado. Vontade minha era de cobrir a cabeça. Não enxergar, sumir pelo chão adentro... Escutei longe os apitos do depósito e umas falas. Umas falas.

— E o Maneco...?

— Ele perguntou uma coisa que estava longe da minha cogitação: A Sinhá Ana Russa já mudou de casa?

— Por que fora de cogitação? Ele morrendo, ela não podia ficar mais aí no corredor.

— Não fui eu que mandei. Ela foi embora por querer. Naquele dia, eu ainda não sabia.

— Ora, Mãe, deixe de bancar a inocente. Então ele perguntou se a Sinhá Ana tinha mudado de casa...

— Respondi só no dentro de mim que não sabia. Ele riu e comentou que eu nunca sabia de nada. Não mesmo, que eu falei. Eu não sou de encardir cotovelo na janela, assuntando de vida dos outros. “É. A senhora fica em casa juntando mofo.” As brincadeiras dele. Não tenho nada com a vida da Sinhá Ana. Que mudasse ou deixasse de mudar, era com ela. Que maldade, Mãe! — ele resmungou sombrio.

E depois perguntou: já morreu Sô Chico Leitão? Eu nem estava sabendo que Seu Chico tinha ficado doente em artigo de morte, eu disse. (E aquela friagem.) Estou perguntando que é pra senhora saber no certo que sou eu. Que eu vim. A senhora é Herodes pra acreditar! Dobre a língua, menino, veja lá como fala com sua Mãe. Você está querendo o quê? Não posso acreditar que veio de onde veio, pra essa conversinha sem proveito. Ou vem fazer reprovação da minha vida? Mais ou menos, Mãe. Trouxe um recado, mas primeiro vou fazer a pergunta derradeira. A Nica do Zé Tropeiro ficou viúva? Acho que vi ainda agorinha o Zé chegando. O recado é o seguinte: é pra senhora largar mão de chorar por mim. Boa noite, que eu já vou indo. Ele riu outra vez. O meu corpo, no repente, se desamarrou, acabou a friagem.

Dei um grito: *Creindospadre!* Que Deus me defenda! Pulei no chão, o Juca acordou pataracando. O que é isso? Tem marimbondo na cama? Olhei na porta. Nada, nem sombra. Eu via os quadros de santo, na parede. Em frente, a porta livre. Deu pra divulgar, Juca? Divulgar o quê? Nada, não, deixe pra lá.

— Foi só isso? — perguntou Maria, de cara fechada.

— Só.

— E quando foi?

— Na madrugadinha, lá pelas seis horas, já estava amanhecendo. No mesmo dia em que aconteceu o desastre horrível com o Zé Tropeiro. Naquela noite, a sirene do depósito tocou três vezes chamando socorro. Desastre feio. Quando Sá Ricarda chegou lá pelas oito horas com a notícia, eu gritei: Foi Zé! Foi ele! Foi o Zé! E a Sá Ricarda: a senhora já sabia? Meu mundo desmoronou: meu filho tinha vindo me avisar... E a Sá Ricarda, berrando: corre aqui, Seu Juca! Sua mulher tá tendo chilique!

— Então foi isso! Ah! Foi isso! Pensei que a senhora tinha desmaiado porque...

— Foi aviso — disse Mãe. — De lá pra cá eu nunca mais chorei.

Silêncio grande. Passarinhada cantou nas árvores. O vento brincalhão sacudiu a ramagem. Emídia cantando de cá: *Senhora dona de casa. Dá licença que aí vem chuva...* E a Turíbia de lá: *Os anjos, todos os anjos louvam a Deus para sempre amém!* Maria perguntou devagarinho:

— A senhora acredita mesmo nisso, Mãe?

— E como não acreditar? Era o Maneco. Eu vi.

— E por que não contou essas coisas antes?

— Esperei a confirmação.

— Que confirmação?

— A resposta das três perguntas pra depois contar.

— Do Zé estão dizendo que foi castigo — disse Maria.

A Mãe não considerou o aparte.

— A mudança de Sinhana, naqueles dias da morte, e ninguém me contou nada. Chico Leitão morreu de repente, na segunda-feira. Por fim, o desastre do Zé.

— Espere aí, Mãe. O Zé e a Sinhana, eu até entendo. Mas o que veio fazer o Chico nessa embrulhada? Vamos decifrar enredo. A Nica, naquelas brigas sem juízo, batia o pé e clamava: "quero ver você picado na linha do trem, de precisar juntar os pedaços num saco". O Zé gritava: vira essa boca maldiçoenta pra lá. "Se praga de mãe pega", ela resmungava, "eu quero ver". E sapateava de raiva, batendo os tamancos no chão.

Maria enfiou uma linha comprida na agulha. Alinhavou um bom pedaço.

— Ele falou em malvadeza? — perguntou Maria em seguida.

— Não foi bem assim. Só resmungou: que maldade, Mãe! Porque eu não queria nem saber se a Sinhá Ana tinha se mudado.

Maria demorou para retomar o fio da conversa.

— Mas não é da Nica que estamos falando, nem do Zé. Eles serviram para disfarçar o encoberto. E o que a senhora está encobrindo da Mãe? É pra renegar a confissão. Sinhana sabia que a Mãe não gostava dela. Com a morte do Maneco ela ia ter que mudar. Nesse seu sonho o Maneco falou em malvadeza. Enquanto foi vivo, ele não teve coragem. Agora, quem falou por ele? Mãe chorou um dilúvio, todo o mundo consolado, quando ele morreu. Não houve o que fizesse parar aquele choro desatinado. E um dia, sem quê, nem por quê, parou de chorar. Estou assuntando por que Mãe desmaiou naquele dia. O que Mãe tinha com o Zé Tropeiro? Foi a primeira coisa de que suspeitaram. Até eu...

— Cale a boca, Maria, cale essa boca maldita...

— Shiu! Não fale, Mãe! Eu não pretendo voltar do outro mundo para juntar duas mortes e uma mudança numa verdade só.

— Que verdade?

— E por que a senhora está contando tudo isso agora? Tempo que passou não volta. Não dá pra desfazer o que já foi feito. Estou pensando no dia do desmaio. A senhora compreendeu no repente até onde tinha chegado. Será que no segredo do seu coração, a senhora não desejou, não ajudou...

— Maria! Guardei comigo um tempo e foi só. Pra conferir e não pra esconder. Você acha que estou mentindo, sua bruaca?

— Acompanhe comigo. A senhora já sabia. Esse é o ponto. Chorou demais, esse é o outro ponto. Quando o pessoal do plantão do socorro passou, passou falando alto, a senhora não acordou de vez, mas escutou. Quando soube da morte do Zé, qual foi o pensamento? Que praga a senhora rogou no Maneco? A senhora descuidou dele por querer?

— Cale a boca, Maria!

— Não adianta negar. A senhora já contou tudo por boca do morto. Ou o morto contou tudo pela sua boca, Mãe. A senhora chorou demais. Aceitou o castigo, não quer aceitar o remorso.

— Que conversa é essa? — disse Mãe. — Que castigo? Que remorso? Esse sonho veio em cima dos acontecimentos.

— É isso? Então eu estou mentindo?

— Mentindo? Não sei.

— Me diga que foi sonho, Mãe! Acontecido ou inventado. Foi sonho. Eu quero pensar foi sonho!

Pausa vazia. Turíbia cantou em seguida "que todos os anjos louvam a Deus, para sempre amém".

A mulher se inteiriçou e decidiu:

— Eu vi o que vi — disse. — E não estava dormindo.

Escurezas

Era noite muita, fechada, cheia de pernilongos. Um calorão. Parecia um bate-boca, mas não eram assim as discussões. Mãe não gostava de barulho. Uma ou outra palavra, mais compreensível. Embora, não... eu digo que não...

Aos poucos, Mãe se calou. Pai ainda murmurou qualquer coisa, mais que sussurro, gungunando. Então ressoou clara a maldição de Mãe. Que caia em cima da sua cabeça e da minha. E que Deus possa perdoar e se não perdoar, é aqui mesmo que a gente paga. Lágrimas de sangue não são suficientes para lavar esse pecado. Cala a boca, mulher! Rosnou Seu Juca, em tom baixo, zangado. Eu calei, eu consenti, ela tornou em tom de litania. Cala-te, mulher, o homem rosnou. Não, Juca; eu não digo mais esta boca é minha. Não é mais tempo. Ele já saiu do nosso coração. Digo só mais uma coisa,

Juca. Se arrependimento matasse, eu já tinha começado a morrer.

Maria, sozinha no quarto, pôs o travesseiro em cima da cabeça e começou a chorar.

E o ceguinho encegueceu!

Gente que fala da angelical infância está na verdade muito esquecida. Sabemos de muita gente pia, de Cachoeira Paulista, que passou a meninice infernando o Dito Cego, com aquela inquietante e talvez inconsciente crueldade das crianças. *Ooooo, Dito Garapa*, gritavam, encompridando os brados da alcunha que o Dito abominava. E o Dito respondia. Ah! Coitada da nossa mãe!

Acabava de xingar e ia direto para a igreja de Santo Antônio, no morro. Lá, encostava-se a uma coluna e rezava. Sabia responder "eticuspiti tutu" ao "dominum vobiscum" do padre, "rogai por nós, que recorremos a vós", às jaculatórias da Imaculada e "ora pro nobis e miserere nobis", na exata, durante a ladainha. Também cantava. Vinha o contato do fundo do seu desamparo, isolado, parece que a voz dele não se misturava à de ninguém.

Alguém lhe deu um capotão para as noites de frio. Usava uma bengala de raiz de figueira, da qual os moleques mantinham uma prudente distância. O chapéu era como apagador de vela. Preto, com as abas viradas para baixo. Saía para a noite fria, que no Alto da Igreja sopravam sempre ventos ásperos.

Andar do cego era como de quem está subindo escadas, pernas abertas, meio fletidas, pés bem acima do chão a cada passo, cacetinho batendo no chão, saibros rolando ladeira, até que, do fundo da treva, da noite sua e da noite-noite, vinha o grito navalhante: Dito Garapa! Dito jamais deixava de responder: Ai, nossa mãe!

Pela metade do caminho dava de encontro com a velha Siá Maria, de mais de setenta. Cuidosa mais dos rompantes de mau gênio do filho que da cegueira (Dito jamais errava um caminho), ela se enrolava no xalinho de franja e ia buscá-lo. Não tinha carinhos nem cuidados, nem solicitudes, dessas que mãe tem nos livros e nas novelas. Quando ela pegava no braço dele? Nunca! Até que resmungava: diacho, Dito! Fosse pra casa mais cedo, que diacho que fica fazendo na rua!

Andava atrás dele, de modo que a resmungação nem seria meio de o guiar. Ele sozinho na frente, ela sozinha atrás. Mas, nessa hora, a cara angustiada do Dito se abria e ele dava risada. Saiu ano e entrou ano e sempre isso. Não tinham ninguém. Moravam nas bandas do Pitéu, numa casinha do asilo São Vicente de Paulo. Siá Maria punha o feijãozinho no fogo, comprado com dinheiro de esmolas, lavava a roupinha, remendava, plantava couve, criava galinha caipira e patos. Até que...

O sino dobrou bem cedinho. Morreu gente do asilo. Siá Maria, mãe do Dito. Podemos ter aprendido a resposta a uma pergunta feita há mais de dois mil anos. A compaixão é virtude e é ensinável. Assim como a violência, que não é virtude, também é ensinável. Pois alguns deixaram de gritar atrás do cego pelas noites trevosas, depois que compreenderam o comentário de uma velha avó:

— Pois, não é? O pobre Dito Cego, com a morte da Siá Maria, ficou cego outra vez.

Aceitação

Avaliou o chão de terra socada, a meia água de telha-vã, o catre de ferro, de roupa remexida, e aí seu pensamento se perturbou, e um arrepio lhe percorreu a espinha. A moça estava encostada à parede, um pé no chão, outro contra o tijolo, as costas apoiadas, e aquele jeito curioso de olhar de lado. Dessas que se perderam meninas, pensou, mordendo o beiço, nervoso. Perigoso levá-la. E olhou a cama desmanchada.

— Queres ir comigo?

Ela não respondeu.

— Se queres ir, avia-te. Se queres...

Nada de resposta.

— Se não queres, paciência...

A moça sacudiu a cabeça, nem aceitando, nem recusando.

O silêncio se encheu, de repente, de vozes. Gente chegando. Ela ia.

— Mas vê lá. Se me pões cornos, mato-te.

O sorriso passou pelo canto do lábio.

— Sou mulher de vergonha.

— Então anda lá. Não te demores.

Deu-lhe um tapa na nádega rija.

Ela parou para dizer:

— Respeitar eu te respeito.

— E então?

Juca esperou a condição.

— Se eu for, é pra nunca mais.

— Para sempre, queres dizer?

— Não começa com história, não, português. *Cê* tá entendendo.

Juca parou de rir, quando reparou o olhar de ódio que ela lhe lançou.

— Anda lá, apanha a trouxa. Estamos acertados.

Mas a mulher não saiu. Encostou-se de novo à parede.

— Anda lá, ó rapariga.

Ela se desencostou da parede, com uma sacudidela impaciente, e saiu. Juca começara a andar pelo quarto, parando, olhando pela janela. Quando tornou a olhar, agastado, a moça estava do lado de fora do portãozinho, com um embrulho embaixo do braço.

Negaceios

Já estavam no trem, sentados lado a lado, quando ela perguntou, falando meio de arranco:

— *Cê* não é casado?

— Viúvo, filha. Viúvo.

Olhou de lado a negra, dentes firmes fechados no canudo do pito e isso o desgostou.

— Joga isso fora.

— Eu gosto.

— Mas joga fora, que porcaria! Isso fede.

A expressão dela ganhou vida, assim como fogo estralando por dentro da taquara.

— Quando *cê* foi, *cê* viu o pito.

— Deixa lá — disse o homem, encolhendo os ombros e voltando o olhar para os outros passageiros da segunda classe, tortos nos bancos de madeira. A moça continuava agarrada à trouxa.

— Queres que a ponha lá em cima?

— Não precisa.

— É melhor.

— Eu seguro.

— Como queiras.

O trem entrou na reta, diminuiu a velocidade, parou com um assobio.

— Qu'é isso?

O homem se inclinou para fora, soletrou o nome:

— Resende.

Considerou por um momento os olhos puxados, os zigomas, a cor, os lábios, o queixo, a moça inteira, magra, os pés, a altura.

— Queres uns pastéis?

É o pastéidequejo! É o pastéidequejo! É o pastéidequejo! É a laran-tangeri-né-a fru-de conde!

— Oh, desgraçada algaravia! Queres uns pastéis?

— Não quero nada.

— Come um. Parecem bons.

— Já disse que não quero.

Ergueu o queixo, olhando para a frente. Os cílios desceram longos e tremeram um pouco.

— Tu mordes, *ahn*?

Encolheu-se sob o olhar da negra, rápido, logo contido.

— Parece que tens raiva de mim. Que te fiz?

— *Deix'eu.*

Esta rapariga vai me dar trabalho. Coçou a cabeça, recostou-se no banco, puxou o paletó, fechou os olhos.

Dou-lhe uns cascudos, dou-lhe, deu consigo a sorrir, a sorrir deliciado.

— Honória — chamou baixinho, com doçura.

— Hum.

— Vamos chegar lá de noite.

Que seja no brejo!

Desde a Rua da Raia, até a Rua São Sebastião, foi fácil de andar, caminhada rápida, terra vermelha exposta ao sol de rachar, bonita, mas não dizendo nada ao coração. Dali para a frente, em direção à passagem de nível, na volta que deu para espiar a chácara do Mamoneiro, Juca andou mais devagar, calcando com gosto a moinha de carvão rechinante. Chão-preto, com revérberos de cinzento-luz, cheio de pontas de sol. O passo se amaciava e cantava. Pouco depois da passagem encontrou o compadre Joãozinho Emboava.

— Que estás a fazer, ó compadre? — gritou o Emboava.

— Toca a andar! Toca a andar! — o Juca regougou áspero, abaixando a cabeça.

Observou sorrateiro se o Moreira-Velho, guarda-chaves, não estava vendo e aí arriscou um olhar de soslaio para o pedaço de terra preta, brejo, mamona, mato de mamangava, caruru-de-porco, sangue-de-

-andrade e guanxuma. Os ramos tentavam ansiosamente uma aproximação, balouçando ao vento a coma de ouro embaraçada, feita de cipó-suma, cheia de fios partidos, amarelinha e emaranhada, tudo de uma beleza raivosa. Um burro velho coçava a sarna, esfregando-se num moirão. Via-se que tinha sido o culpado de estar meio destruído o rancho, galpão antes, telheiro sobre quatro estacas, arruinado. Beirando a lagoa, irrompia a luxúria do capim-angola, de brotos devorados pelas cabras. Juca sentiu o cheiro do capim machucado e da lagoa com seus peixes verdes. E o cheiro de excremento fresco do burro, o lerdo, velho ruço burro, que nem retouçava direito. Moreira-Velho virou a chave, andou um pouco ao lado da linha. Algumas pedras cinzentas, cheias de arestas, escorregaram ao lado da fita brilhante dos trilhos.

— Seo Juca! Tá namorando a chacra?

— Qual...! – a interjeição estalou no ar, desdenhosa.

— Bem que você queria. Estou vendo. Não é a primeira vez que passa por aí, à toa. Mas tem muita gente de olho. Pega logo! — ajuntou, malvado, puxando a argola de aço.

— É brejo, não dá nada! Cuida da tua vida!

Moreira-Velho riu com vontade.

A chácara do mamoneiro

Encolheu os ombros e saiu. Primeiro foi olhar a chácara. Na chave de cima era o Moreira-Velho. Na de baixo, perto da estação, o Joaquim Antonio.

— Que resolveste, homem? — gritou o Moreira-Velho, assim que o viu.

— Vou comprar.

— Ahn!

Moreira-Velho se desinteressou da conversa. Virou-se para a chave e começou a polir a bola de aço, com todo o cuidado.

Seguindo o itinerário do costume, passou Juca de novo pela prefeitura, olhou para as grandes janelas, fechadas, riu-se consigo mesmo e voltou para casa. A mesa já estava posta, com a toalha de saco, os pratos brancos, o talher de ferro areado com cinza, limão e sal.

— Que é que temos hoje? — perguntou alegremente, esfregando as mãos.

— Ervilha refogada com ovos.

— Hum.

— Abobrinha com bacalhau...

— Festa?

— Virado de feijão com torresmo.

— Ande lá com isso.

Comeu com grande apetite, dando grunhidos, depois de tomar a talagada de pinga, do costume. As crianças entraram, uma após outra, tomaram a bênção, sururucaram para a cozinha, saíram para o portão. Ouviu a Honória ralhar, e viu-a por ali arrumando, empurrando cadeiras, estendendo a cama, até que o sono o retomou. Começou a bocejar, ruidosamente.

— Vou-me deitar outra vez.

— A cama está arrumada.

— Não vens?

— As crianças. E tenho que arrumar a cozinha.

Ele voltou para a cama com grandes suspiros de satisfação. Dormitou um pouco, despertou:

— Anda lá, Honória. Isso não vai a matar.

— Já vou.

— Deixa disso.

Pôs-se a virar na cama, inquieto.

— Honória.

Ouviu ainda um rumor de água na cozinha, a fala resmungada da velha Laurinda, risos de criança, o papaguear enrolado do caçula. Depois tudo foi ficando quieto, e ela veio.

— Arre, diacho! Não vais tirar o pai da forca.

Arredou para o canto, fazendo lugar.

Viu-a ficar em camisa, estender as pernas alongadas de tornozelo fino, enfiá-las sob a coberta. Insinuou os pés entre os dele, quentes. Sob a camisa grossa de algodãozinho o colo estufado, macio como papo de pomba-rola.

— Chega pra lá. — Ela o empurrou com o corpo.

— Não.

— Você me derruba da cama.

— Derrubo, sim, derrubo.

Coberta caiu, travesseiro caiu, lençol embolou. Ela o recebia sempre anelante, como numa despedida, para nunca mais. De manhã travaram conversa a respeito do negócio, que o Juca vinha protelando.

— Vou comprar a chácara do mamoneiro — disse ele.

— *Cê* que sabe.

— Melhor do que aqui. Perto do serviço. Perto da cidade. Terra bastante. Dá uma horta.

— Não tem vizinho.

— Não. — Silêncio grande, com grilo cantando no meio. — É grande. Dá plantio.

— *'Cê* que sabe.

— Então é isso. Vendo esta casa aqui. Achei quem me dê setecentos e cinquenta por ela. É quanto chega.

— Compadre Emboava?

— Não. O Michoia.

Escutou um pouco. Honória não disse nada. Acendeu o cachimbo. Juca, no canto da cama, cobriu a cabeça depressa e a mulher ficou pitando quieta, virada para a janela, vendo o dia aos poucos clarear.

Insurreição

O menino parou um olhar meditativo no topo das árvores. Menino, varre o galinheiro, que o Zé vai rachar lenha. Ele pegou um cipó e saiu dando chicotada nas plantas, de um lado e de outro, desse onde desse. Peste! Tentação! Corno do Coisa-ruim. Me dá uma *réiva* dessas bostas de galinha!

— Mamãe! Mamãe! Vem ver o Tonho acabando com as flores!

Sumiços

Dias depois da partida de Maneco, pela manhãzinha, a notícia não apenas chegou, mas estrondou na cozinha. Mãe não estava. Era dia de barrela. Poder-se-ia encontrá-la sentada na banqueta baixa, de estofamento de couro, o cachimbo no canto da boca, de mãos mergulhadas na bacia, com água de sabão. Mãe usava deixar a roupa de molho na bosta esfarelada de vaca, e nas folhas esmagadas de mato de mamangava. Para tirar o encardido.

Emídia chegou correndo e esfogueteou a novidade:

— Sumiu o cebolão do Padrinho!

— O cebolão do Pai — ecoou Antônio.

E como olhassem para ele, de maneira intencional, defendeu-se.

— Fui eu não!

Zé deu um jeito, movendo um dos ombros, sestro dele. E saiu assobiando. Emídia e Antônio fitaram-se entre si, cúmplices no mesmo pensamento.

— Como é que você ficou sabendo, Emídia? Quem contou?

— Ninguém. Eu escutei a bronca do Padrinho.

Maria passou demoradamente um olhar meditativo sobre eles, e depois lá para fora, para o terreiro cheio de sol, para a horta, o verde, o céu...

Então, quem?

Mas a cabeça meio de lado. Mas o gesto mais vivo de segurar a colher de pau com que mexia o angu...

— Mãe acho que viu passarinho verde... — disse Maria, desconfiada.

Tinha visto. Somou dois mais dois e perguntou ao marido:

— O que o Pedro Arcanjo anda fazendo, cedo, quase todos os dias, por estas bandas de cá?

— Eu sei lá!

— Pois devia saber.

— Eu? Cuido da minha vida e já faço muito. Mulherio curioso!

— Pois eu acho que ele anda pondo uns olhos compridos para o lado da Maria.

Confissões

— Lá vem ela — falou o rapaz, num tom que soou como um aviso.

— Quem?

— A tia Maria. A Maria do Tiba.

A moça olhou para trás, piscou, fez um movimento de recuo e depois se voltou, sorrindo abertamente.

— Tia Maria! A senhora?! Temos visita, a senhora não conhece esta nossa amiga; é de fora. Veio nos visitar...

Atropelou as palavras, que, curiosamente, pareciam uma advertência. Teria sublinhado de fora? A visita sentiu a mudança, estendeu cautelosa a mão delgada e sussurrou:

— Prazer.

— Prazer, por quê? Ora, bem se vê que não me conhece, nem de fama.

Riu, entrefechando os olhos, descendo as pálpebras de pestanas longas, num riso. Estaria na casa dos trinta. Trinta e sete, trinta e oito. Quem sabe mais? Morena. Magra. Colo alto. Pescoço alongado, meio a Modigliani. Brincos de argola. Gestos. Gestos. Nos braços magros tilintavam pulseiras. Cigana.

Um lenço colorido, envolvendo os cabelos, como um turbante. A saia até quase os tornozelos, franzida na cintura, rodada, leve, com panejamentos. Os olhos. Os olhos, esses, eram vivos, travessos. Olhos de mocinha. Sem querer, a forasteira olhou para ela e depois para a lagartixa verde, imóvel na parede, prestes a saltar. O sobrinho se remexeu na cadeira.

De repente a sala se encolheu, pequena para os quatro. E também de repente a história principiou a acontecer, em meio a um certo mal-estar e a olhares de soslaio. O sobrinho parecia saber alguma coisa que ninguém sabia. A lagartixa verde deu um golpe rápido, estendeu uma língua fina e a Maria de Tiba estava dizendo:

— Bem que todo-o-mundo dizia para não me casar com esse homem que podia ser meu pai. Mas eu quis. Era uma coelhinha fofa, uma rolinha. Estava apaixonada.

— Veja lá o que vai contar, tia!

— Amor — disse ela inesperadamente.

A palavra soou bonita, no ar. Pelo seu rosto perpassou uma expressão indefinível de tortura e de alegria. Lagartixa verde imóvel, olhos fechados, parecia dormir.

— Eu estava com dezesseis anos, ele com quarenta e dois. Bonitão. Forte. Bigode preto. Lobo. Gato. Machão. Eu era uma rolinha sem juízo. Quem é que pode? Que culpa ele tinha? Pois foi isso, coitado!

Deu uma risada de cristal. Pôs ponto nessa música assim, num estalo, sem mais nem menos.

— Acabei com ele! — deu uma risada. — Acabei com a homência dele! — deu outra risada. — Em três tempos.

— Chega, tia!

— Vinte anos? — disse ela. — Ou mais?

— Agora chega.

— Fiz de tudo pra dar jeito — disse ela.

— Chega! Eu já disse! — o rapaz deu um murro na mesa.

— Não, filho. É ela que eu amo. Não é caridade. Amor é isso. Eu vou contar...

— Feche essa maldita boca!

— Às vezes, de noite. Eu sei que não dá. Desço a rampa, vou pro *corgo*, lavo os pés na água fria, corrente. Venho andando só no calcanhar, até pisar na toalha, em cima da pedra...

A voz era um murmúrio, lenta, sonolenta, o rumor do riacho cantava lá longe.

— ... Limpo os pés, espano daqui dali alguma folhinha seca, algum fiapo, rebarbas. Deito na cama, nos aos contrários da cabeceira. Encosto os pés no rosto dele. Friinho. Então ele chupa o meu dedo, até dormir.

A lagartixa verde rabeou, correu pela parede e sumiu.

As flores azuis

Era domingo, quente. Cigarras escondidas por aí, zinindo, sorvetes nos carrinhos da praça. O pipoqueiro rodeado de crianças, com notinhas de um cruzeiro nas mãozinhas fechadas. A pérgola do jardim se iluminava de flores vermelhas, abrindo labaredas contra o céu, nunca se viu tanta audácia. Era domingo.

Seu Geraldo, que se julgava muito homem, mas que não gostava de mulher, encostou o pé no tronco craquento de uma velha roseira e dormiu quase uma hora. Acordou às três. A criançada do catecismo voltava da igreja com santinhos na mão. E a vizinha desenhava arabescos de prata sobre as flores com a água de um regadorzinho verde-garrafa. Ele se remexeu, endireitou o corpo com um safanão que fez a roseira chover pétalas na grama. Nem bem a vizinha aparecera na escada, ele fechara os olhos, cheio de ojeriza. Mas estava fazendo um calorzinho coçado, que afaga, que amolenta, que agrada o corpo. Gostosura de sesta, depois de um almoço brasileiro, de tutu e torresmo, regado a pinga com limão.

Seu Geraldo começou a modorrar, fechou depressa os olhos para não ter que conversar com aquela intrometida. Mas o dia era mágico. O calor era mágico. Ele se curvou para a frente e disse:

— Vou lhe ensinar uma coisa.

— Ensinar?... — repetiu ela. E o rostinho oval, miúdo, tomou um ar de ponto de interrogação.

— Vou lhe ensinar uma coisa. Vejo que a senhora ama as flores. A senhora planta uma roseira de rosas bem vermelhas. Rosa Príncipe Negro, de veludo e sangue. Ou toda em púrpura. Entre na floricultura e escolha! A Rosa de Provença, de cem-folhas. A Rosinha Chorão. A Rosa Laurenciana, a menor de todas. A Rosa Holanda, a mais negra. A Rosa dos Alpes, que cresce até nos 2.400 metros de altitude. Eu já a fiz viver em geladeira. Ou as rosas de Xiraz, que devem ter inspirado os poetas e os amantes da Pérsia. Escolha, minha senhora. Escolha!

A vizinha abriu uns olhos enormes. Ela é bonitinha, redonda, boba, um amor.

— Mas que seja vermelha. Como as labaredas. Que os raios de sol cobrem de ouro, que o pálido luar polvilha de neve. Que se transforma em rubi, na glória do sol nado. E de manhãzinha, inteiramente aljofrada de neve e prata.

— Como o senhor fala bonito, quando quer!

— E também, vermelho, fogo, ira, perdição, rubra como o inferno em que eu vivo!

— Mas, o senhor estava ensinando... — ela acrescentou depressa.

— Ah! Ensinando... — ele deu uma risada e continuou:

— Plante a muda no canteiro, onde pela manhã bate o sol. Quando a roseira começar a abotoar, veja! Não. Antes, plante a dez centímetros do caule, à volta toda, mudas de violeta comum. Essa roxinha, modesta, perfumada, em que a florzinha dá escondida. Chamada de modesta, de pura, de ingênua, de recatada. Essa. Quando a violeteira florir, verá que beleza! Nascerão violetas lilases e roxas do tom do manto do Senhor dos Passos.

— E as rosas?

Seu Geraldo passou as mãos pelo rosto, como quem desperta.

— As rosas nascerão azuis, coisa que nenhum floricultor conseguiu até hoje. Nem os monges do Medievo. Nem nenhum cientista. Nem os japoneses. Nem milagre. Rosas azuis... Está aí a receita. Quem quiser que a experimente.

Um gosto, um desgosto

Zé ainda não tinha acabado o ato de fé, quando a notícia chegou à cozinha.

— Zé está queimando o paletó! — anunciou Antônio, chegando na corrida.

— O branco?

— E ele tem outro?

— É muito atrevido! — resmungou Maria, entre dentes.

— Atrevido por quê? O paletó é dele.

Maria começou a arrumação calada. O pessoal que sabia com quem estava lidando foi saindo de perto. Primeiro foi o Antônio, que resolveu recolher a mangueira, antes que alguém passasse a mão nela, e foi brincar de virar cambalhota na palha de arroz do campinho. Maneco deu um relance da porta e virou no mesmo pé, nem bom dia não disse. Emídia ia entrando, deu com a cozinha arrumada, era dela a tarefa nesse dia, fez um muxoxo, hoje tem coisa, e foi saindo. Zé não apareceu após o almoço. Depois de um rápido Deus-lhe-aumente-madrinha, sumiu para os lados da horta, onde ficou arrancando tiririca.

O maricá tinha florescido. Um pé todo abotoado de pomponzinhos brancos e dois pés em cor-de-rosa, para os fundos, perto da mina.

Zé estava sentado num velho tronco, vendo a água correr no encanamento rústico, de taquaruçu, cortado de comprido, em duas metades. A sombra de uma pessoa deslizou por trás dele e se projetou para a frente. Era bem mais de meio-dia. Zé não se voltou, mas sentiu Maria. A sombra era delgada, o avanço rápido. Na cadência do passo ele percebeu a mensagem. A visita não era de paz. Coração, no entanto, se alegrou. Ela viera. Tinha sido atingida.

Maria começou com arrogância:

— Se não estou enganada, tem gente aqui que pensa que é mais do que os outros.

— *Cê* brigou com alguém?

— Então, por quê...?

— Ora, por quê?!

— Não vá bancar o santinho agora. Você queimou o paletó, não queimou?

Zé estava seguindo com o olhar o bando de rolinhas que voava rasteiro sobre o capim florescido do campinho. Dali elas voavam em curtos arremessos e pousavam sobre o arame farpado da cerca.

— Fale que queimou. Fale que não é da minha conta. Diga alguma coisa! Por quê, Zé? Pra quê?

Zé esboçou um gesto, erguendo os ombros.

— Que criancice, Maria.

— Você é teimoso. *Desaforento.* Eu não tolero esse tapa.

— Que tapa?

— O desaforo que você me fez, por causa de uma brincadeira. Vou contar pra Mãe, você vai ver.

— Vou ver o quê, Maria Flor? Vai contar o quê!?

— Do paletó.

— Ora! Madrinha não vai ligar. A roupa não prestava mais. Estava velha. Estava encardida...

— Mentira!

— Estava. E eu não dava conta de lavar direito.

— É isso. Agora disfarce...

Ela desceu as pálpebras com os cílios molhados.

— Não chore! Não posso ver você chorar...

— Eu, chorando? Sai pra lá! Eu quero que você suma daqui.

— Eu não fiz nada, Maria Flor.

— Ah! Fez, Zé! Você fez. Vou tramar você direitinho pra Mãe. Eu invento que você me bateu. Invento qualquer coisa. Você vai embora daqui, porque eu quero. Você some. Eu quero que você suma. Eu tenho raiva de você. Eu tenho ódio.

A voz trêmula se calou, durante um momento.

Depois:

— Quero que você morra.

E com o rosto bem perto do dele:

— Que morra, ouviu?

— Estou pronto, Maria Flor.

Que viu ela no fundo dos seus olhos, bem no fundo?

— Não! — gritou, recuando.

— Estou pronto, Maria!

— Não! — ela protestou em voz rouca, empalidecendo, os olhos enormes de medo. — Eu não quero! Não seja louco!

— Não quer o quê? Eu disse o quê?

E ela, num longo e trêmulo brado:

— Não mesmo! Não! Nããããão!

— Que é isso aí? — indagou a voz vagarenta, nasalada, de Madrinha. Veio do fundo do quintal, veio ver, com os braços ainda cheios de espuma de sabão.

— Que foi isso?

Não viu ninguém por ali. Zé estava molhando o canteiro das ervilhas, nos confins da horta. O Gordo empinando papagaio, no campinho. Maria varrendo o galinheiro.

— Alguém chamou?

Maria, longe, alterou a voz:

— Não que eu tivesse escutado.

— Uns gritos...

— Que...

— Não sei não. Alguém aflito. Algum desesperado. Você está aí faz tempo?

— A senhora esqueceu que eu tinha de arear o tacho?

— Areou?

— Com cinza e limão. Está vermelhinho. Aqui eu cheguei inda agorinha.

— Então foi na rua.

— Só se... Gente que já passou!

Mãe voltou para a barrela nos fundos, com uma ruga entre as sobrancelhas. Quando o marido chegou, não disse nada. E nada comentou com os outros filhos, nem no jantar, nem depois, quando ficou fingindo que costurava, à mão, uma colcha de retalhos, a mão segurando a agulha, esquecidamente no ar.

— Que foi, Madrinha?

— Nada, não.

Foi só de travesseiro para travesseiro que contou o caso. Nem havia caso, que Seu Juca escutou complacente. Ela comentou, como que explicando para si mesma.

— Vim lá da roupa porque me pareceu que a Maria...

— Era?

— Não. Mas a voz era tal qual. Ou foi impressão e a gente se engana. Se ela algum dia... se um dia... Ainda me arrepio.

Fitou longamente os quadros de santo, o oratório com a luz da lamparina acesa diante do Coração de Jesus.

— Dorme, mulher! Mas já se viu? — Seu Juca rezingou, acordando. — Amanhã é dia de trabalho...

— Sabe? — ela conclui sombria. — Era caso de morte.

— Não digas asneiras.

— Será aviso?

— Esquece! — disse ele, brevemente. Virou-se para o outro lado e não levou nem um minuto, já estava roncando.

O filho pródigo

Esquisito como tudo permaneceu tão morto e enterrado e ressuscitou quando a história tomou rumo diferente, naquela noite escura de chuva e de vento. Culpa do Quinzote outra vez.

— Quem é?

(O vento assobiando e o mar gemendo, na escuridão...)

— Sou eu, mãe. Depressa!

O homem escutou ansiado e pôde perceber o ruído de pés arrastando chinelas.

— Depressa, mãe! — insistiu aflito, com uma nota de urgência na voz.

A mulher apareceu segurando uma lamparina de querosene. Sombras dançaram como fantasmas, quando o vento soprou, quase apagando as chamas trêmulas. Vinham de fora as rajadas fortes de vento frio e a grande noite era negra como breu. A outra pergunta foi murmurada:

— É você, Quinzote? O que já aconteceu, meu Deus do céu?

Chorou baixinho, enxugando os olhos na ponta do paletó e escondendo a lamparina atrás da porta, para resguardar a luz.

— Não começa, mãe! Não começa! — Ele falou áspero, afastando-a para entrar. — Era só o que faltava, a senhora pegar a chorar.

A mãe ficou olhando aquele embrulho nos braços do homem, querendo adivinhar por que ele estava ali, de pé no meio da casa; por que parecia desnorteado, arrependido, assustado; por que tinha jeito de vítima e de culpado, como cachorro grande que arrombou cerca. Querendo e não querendo adivinhar o que tinha no embrulho e sabendo que já tinha percebido o que era. Por quê... Ele sacudiu a cabeça descoberta, para livrar o cabelo da água da chuva, embaraçado. Por que lá fora o vento assobiava com tanta força? Por que ele veio assim, numa noite dessas, como quem foge?

— Por que veio com essa chuva, Quim?

— Não podia ficar mais lá — explicou sombrio, fazendo gesto largo com o braço livre.

Com sua intuição segura de mulher que sofreu, a mãe compreendeu que a hora de fazer perguntas ainda não tinha chegado. Esperou calada que ele continuasse, mas o homem falou simplesmente:

— Pega, mãe!

A mulher largou a lamparina em cima da mesa, pegou a trouxinha de trapos e iniciou um leve movimento de embalo. Entre os panos, a coisinha viva se agitou choramingando. Quinzote não falava. Sentou-se, olhou sombriamente para diante e, de repente, explodiu em soluços. Seu corpo sacudido, como se o jogassem ondas raivosas, desabou para a frente, sobre a mesa. Ela nunca tinha visto o filho chorar depois de homem e aquela dor descabelada comoveu-a e assustou-a. Nada podendo contra ela, calou-se. Desarmada e impotente como sempre fora, e como se sentira sempre, nunca tinha tido, no entanto, até aquele momento, tão aguda percepção da sua pequenez e da sua miséria. Envergonhou-se de estar vendo aquilo, envergonhou-se por ele, como se o homem se desnudasse diante dela, inconscientemente, durante uma bebedeira. Ele não há de gostar que eu esteja olhando. Ele... Sem interromper o leve movimento de ninar, saiu pé por pé, sem olhar para trás.

— Você trouxe a roupinha dela?

— Não.

Calaram-se. Não houve nenhuma alusão à cena da noite.

— A gente se arruma, se você não puder ir lá — disse ela, uns instantes depois.

Sentindo o olhar do filho, voltou-se e perguntou:

— É da Joana, Quinzote?

A resposta veio breve e seca:

— É.

Era a resposta esperada. Tia Francisca estava em pé, direita, com seus olhos mansos, mas firmes, pregados nele, esperando o resto.

— Morreu — disse ele, num sopro que mal se ouviu.

Ela quis dizer uma palavra de simpatia e não pôde. Quinzote ergueu os olhos sombrios, por um rapidíssimo instante. Desviou-os logo, mas houve tempo de ver neles alguma coisa que lhe cortou a respiração.

— Deus pode mais — ela murmurou.

Era essa a sua tranquila e conformada filosofia-superstição, fatalismo, confiança.

— O que Deus faz está bem-feito — disse, mais por hábito, que por senti-lo verdadeiramente. Resignava-se por temor a Deus, que o vigário pintava inexorável, e porque resignar-se era do seu feitio. Não obstante, gota a gota, pingando fel no fundo da alma, a vida lhe tinha deixado um permanente travo amargo no coração e na boca. Era aquele travo, o medo de sofrer outra vez, que a impedia de se regozijar agora. Era também pena do filho, que tinha saído feliz, tão levianamente de casa e voltava assim amargurado.

— O que Deus faz está bem-feito.

Ela estava contente. Não seria humana, se não se sentisse feliz. Não importava que o filho tivesse voltado com uma criança nos braços, nem que a tivesse abandonado e retornasse humilhado e ferido. O que importava é que tinha voltado. Secretamente, abençoou a mão que o feriu e o restituiu à sua ternura. Não chegou a formular a ideia por palavras, nem mesmo por pensamento. Mal chegou a ser ideia. Sua razão, como um espelho, não conservou sequer o reflexo da imagem que tinha passado. Bastava para seu remorso que houvesse passado. Fosse remorso, fosse piedade, fosse o que fosse, isso a aproximou tanto dele, que era como se o tivesse nos braços, pequenino novamente. Arrumou a netinha, com movimentos rápidos e seguros, e ao mesmo tempo tão leves como o bater de asas.

Não se atrevia a alegrar-se, mas todos os seus movimentos eram alegres: alegres os passos, que a conduziam ligeiros pela casa; alegre o adejar da saia; alegres os gestos, nascidos dessa misteriosa alegria autônoma das mãos.

"Então chamou os servos e mandou matar o vitelo mais gordo, para festejar a volta desse filho; porque ele estava perdido e se encontrou; estava morto e ressuscitou."

O processo

Mané Borjão, o subdelegado, espreguiçou-se como um hipopótamo mal-humorado, *uaaaau! aai! aaaaai,* espichando as pernas compridas embaixo da mesa. O pezão quarenta e quatro apareceu do outro lado, calçado com botinas de solas de pneu. Troço chato, siô, ficar sozinho dessa maneira, nem um preso ao menos para jogar palitinho. Deu uma espiada pela janela. Mormação de meio-dia espantava toda a gente para as tocas. Não vê que dava de ficar na rua, nem andar andando à toa. Preguiça, gente! Preguiça!

Mané Borjão se espreguiçou de súbito, alerta, esqueceu-se do calor e da solidão. Lá vinha pela rua principal, outra vez, a vaca do João Venâncio. A molecada ia de pedrada em cima dela. Uns corriam-lhe no encalço e outros a cercavam. Esbaforida, ela investiu de cabeça baixa, ventas abertas, bufando, contra um grupo que se apartara. E, com pouco, estrebuchava no chão um menininho, e não dos mais alvoroçados.

Era um pequenito de calcinhas rasgadas, de olhos grandes e pretos, pezinho no chão, ligeiro para correr. Ria muito, encantado, parecia que era a primeira vez que entrava no perigoso brinquedo. Fora do alcance da vaca enfrenesiada, desaparecera-lhe o temor da expressão. Havia festa no seu arzinho radiante, a delicada curva das faces que o riso distendia, reluzia de contentamento. Estava de tal maneira comovente em sua alegria sem motivo, excesso de vida e de candura, ausência de pensamento e de cuidados, infância! ah! infância! que dava gosto vê-lo.

Esperneou um pouquinho, muito pouco. O grito foi curto, débil, agudo como um pio de pássaro que a serpente apanhou. Quase se esperava encontrar no chão, palpitante, quente ainda, todo plumas, mole e macio, um passarinho morto.

Borjão desceu a rua correndo e mandou com voz raivosa recolher o animal ao curral do Conselho.

Era tarde para uma providência dessas e foi isso mesmo que o Meritíssimo falou, com entonação muito glacial, encarando fixo o pobre que ainda tremia, compadecido do meninozinho (alguém falou que se chamava Pedrinho Só-Só, e era neto do velho Laurenciano. Não estava nem na escola ainda).

— Mas o João Venâncio — pronunciou Borjão, engasgado. — A gente cansou de falar. A gente não podia prender no curral do Conselho... que o João Venâncio... que a política... que o senhor sabe... quem é o delegado...

— Abra processo! — silvou a autoridade entre dentes. — São esses privilégios e essas impunidades.

Não completou o pensamento nem abriu reticências. O que disse era definitivo.

— Então o caso... — começou o outro.

— Abra processo! — gritou o Meritíssimo, subitamente encolerizado. — Que o culpado pague!

Mané Borjão estremeceu. Atarantado, foi tratando de sair, tropeçou no tapete, prendeu o bolso do paletó na ponta da mesa. Desprendeu-se com dedos trêmulos, murmurando um desculpe, sim senhor, e sem querer, ao sair, bateu a porta com estrondo. Ainda empurrou devagarinho a porta, outra vez, para contar que não tinha sido de propósito. A autoridade estava de olhos entrecerrados, não reparou nele. Borjão suspirou e tornou a sair, pé ante pé.

Fora da sala teve uma atitude muito esquisita. Parou, pensativo, resmungou, ergueu os ombros, estendeu as mãos com as palmas para cima, tornou a encolher os ombros. Os que o encontraram repararam que parecia muito perplexo. E na pensão onde morava, contaram que passou a noite inteira escrevendo. Já passava das duas quando dona Binoca bateu de leve na porta com os nós dos dedos.

— O senhor está sentindo alguma coisa, Seo Borjão? Quem sabe um chá?

— Eu? Eu estou sentindo? — bradou ele enfurecido. — Ele é que está.

— Ele quem, Seo Borjão?

Escutou um pouco, não ouvia nada, abalou encafifada para o quarto. O promotor substituto, Dr. Célio Varajão, jamais se esquecerá do estupor que o acometeu, antes do acesso de riso, quando leu todo o arrazoado do Mané Borjão, que acabava assim: "Perguntada sobre o motivo do seu ato, a indiciada nada respondeu, porquanto se tratava de uma vaca."

O saci cresceu

"Esse menino é tentado" — disse a avó, olhando-o de lado, nem um pouco satisfeita, mas procurando defini-lo ou quem sabe compreendê-lo. Não, ela não estava conformada com esse filho de Maria, principalmente o menor, Paulo, aquele saci. Era de se esperar. Ela bem que avisou a Maria que não pusesse esse nome no menino. E era toda a família a prever e a lamentar que ainda ia dar muita dor de cabeça. Todos se preocupavam, menos o menino levado, que cresceu em inteligência, em alegria, mas não em juízo, nem em sabedoria. Ah! esse menino! À medida que crescia, foi-se tornando antipático. Primeiro, deixou de rir, como todas as crianças. Deixou qualquer proceder de lado, não mais atendendo às recomendações dos mais velhos. Esse menino pensa que sabe tudo, dizia a avó. E bem no fundo do coração uma dorzinha pungia.

Vendo-se rejeitado, o menino levado quem disse que se tornou mais delicado e mais fácil de aturar?

Então todos lhe caíram em cima e todos diziam:

— Era tão engraçadinho. O que deu nele? Agora é um malcriado.

Ele teve que aprender a duras penas. O sofrimento o atacou deveras. Os outros não o quiseram. Não o aceitaram. Não se condoeram de suas tristezas. E como todos, ele quis se conformar em deixar de ser o menino que todos censuravam, mas toleravam, para ser como todos, empurrado, impedido, triste, fingindo. Que aconteceu com o menino levado? Onde está sua alegria? Sua vida? Seu amor? Ele mesmo? Cada gesto, cada sonho?

Se lhe perguntarem hoje para onde foi, o que dirá ele para justificar por que se perdeu? O que dirá do que lhe restou, do que era, o que é ainda do que foi? O que dirá, com aquele riso que a todos dominava?

Para onde foi sua liberdade? Para onde foi o menino levado?

Noites cachoeirenses

A noite começa com um bate-papo no botequim do Quinzinho, na passagem da linha, e um passeio à ponte, para ver a água. Os salgueiros se descabelam na água escura. A casa branquinha do Espanhol, debruçada na corrente rápida, agora com a cheia, quando o rio corre a oito quilômetros por hora, é a última que desaparece. Desde o crepúsculo é um fantasma branco, meio doido, com um reflexo fugidio, aos pés. As luzes dos postes se entristecem aos poucos, lívidas e melancólicas. Longe, à distância de uma pedrada uma da outra. As ruas negras deslizam à sombra, muito compridas, uma que vai ter à estação enorme como um castelo de pedra, e outra que vai ao depósito, e outra que sobe ladeiras, num cansaço que dá dispneia, outra que vara a cidade e foge para o Pitéu. No jardim, uns raros casais nos bancos doados pelos comerciantes. As árvores gesticulam, agitando as copas desesperadas. Nenhuma floriu. Na pérgula sobem trepadeiras desanimadas. A sessão de cinema termina às dez horas. Até muito tarde, as casas mantêm escancarados os olhos largos das janelas. Que calor! A noite é límpida de um azul profundo, e dói um pouco na gente. As estrelas têm voz, como queria o poeta, e a noite também tem miríades de ruídos incessantes, tem grilos e bichinhos ciciando e zunindo, e assobiando, e cricrilando, e canzoando e guaiando, e sussurrando e gemendo, tem o saci e o peixe-frito, e o sabiá-uma e a corujinha-do-campo, e o curiango, triste, triste, contando que seu amor morreu. E tem o apito comprido do trem na noite, e o latido do cão sem dono, no sereno, e o miado dos gatos famintos nos telhados, e um choro de criança que se repete de quando em quando, enervante, vindo não sei de onde. Debruçada na janela, onde desabotoa a flor de sangue do gerânio, é possível ver as estrelas, e possivelmente ouvi-las. Por um rápido instante é possível recapturar o tempo perdido.

As janelas se fecham tarde.

Bem mais tarde ainda, nas esquinas e completamente silenciosas, se ergue a voz dos seresteiros.

Diálogo

Era dia de Finados, isto é, dia de festas dos vivos na *Casa dos Mortos*. O piquenique no cemitério tinha começado há muito, conforme indicavam os vários carrinhos de pipoca, amendoim torrado, arroz japonês, cachorro-quente, doce de leite e cocada, na porta do Campo-Santo, e os papéis engordurados de sanduíche esparramados pelo chão; e os namorados abraçados; e outros indícios igualmente confortantes.

O comércio de artigos pertinentes corria paralelo: flores, muitas! Lindas! Um toque de poesia no banalismo das visitas convencionais. Ramos cheirosos arrumados de alecrim, de manjericão. Bambuzinhos trêmulos. Valdemar Feio, que, como o nome está dizendo, é inteligente e vivo como o quê, postou-se junto dos degraus da escada, à esquerda do portão, onde está escrito em letras enormes: A morte é o começo da vida eterna! (como se isso fosse um grande consolo).

Valdemar Feio iniciou assim o pregão da sua mercadoria:

— Velas! Velas! Velas a cem! Vai a vela! Ver para crer. Ninguém vende mais barato. É aqui, não lá!

Fazia umas piruetas e recomeçava o clamoroso pregão:

— É aqui, não é lá! Vela a cem!...

Do outro lado do portão, ou seja, à direita, estava um velho robusto, alto, cor-de-tijolo no rosto, branquinho de cabelos.

— Conhece? — perguntaram. — É o velho Morgado.

Velho Morgado tinha na frente um tabuleiro com maços de velas e limitava-se a entoar uma espécie de melopeia.

— Vela a cinquenta! Vela a cinquenta...!

Gente parava meio admirada, um toque de indecisão, ria-se e ia em alegre procissão comprar velas do que gritava menos, mas vendia pela metade do preço.

O rapaz, a berrar destemperadamente, numa algazarra formidável, sem vender coisa alguma, não via? Não ouvia? Era até engraçado. Até que um amigo não se conteve:

— Mas, ô Valdemar, você é burro, hein?!

— Ué! Eu? Burro? Por quê?

— Pois você não está vendo que, com essa propaganda toda, chama a freguesia é praquele que está do lado de lá? Ele vende tudo e você... E você, homem?

Valdemar envesgou um olhar para o lado, olhar displicente de "nem te ligo". E, num tom de tirada à parte, dessas de teatro de bairro:

— É q' aquele que você está vendo ali é meu pai.

Humores

Estava vestindo o paletó, Honória olhando com as mãos cruzadas na barriga.

— Já vai pra rua?

— Que tens?

— Nada, vai.

— Que bicho te mordeu?

— Vai logo. Me dê sossego.

Juca enterrou o boné e falou:

— Volto logo.

— Não quer voltar, não precisa. Vai de lá pro serviço.

— Hoje é minha folga.

— Tomara que não fosse.

— Já estás com teus azeites.

— Hora de janta, teu Pai não voltou.

— Tá por aí. — Maneco deu um pontapé no Peri, e esparramou os pintos da carijó.

— Larga de malvadeza, menino!

Foi com Maneco que comentou, pouco mais tarde, bem de tardezinha:

— Hora de pegar no serviço, teu pai não voltou. Tá com raiva. Foi pra chave, sem comer.

— Tá por aí.

Honória não encarou os olhos de lagoa escura do menino.

Era tarde, a lua já tinha saído, atrás do morro do cemitério. Honória olhou para a cama grande, onde se embolavam os três filhos, e para a velha Laurinda, na esteira, roncando. Maneco de olho grande, cabelo preto, rosto redondo, escurinho, bonito. Avisou o menino, num tom de ameaça:

— Vou ver seu pai. Tu ficas aí. Bom!

O olhar do menino captou o seu por um instante, olhar de água parada, amplidão de rios mortos sob a lua. Ela se incomodou:

— Fecha os olhos. Por que não dorme? Que é que tu tá espiando?

Os olhos diminuíram, tornaram a crescer, mais brilhantes.

— Que é que tá espiando? É teu pai que vou ver. Não sei o que *tu pensa* da tua vida.

Encarou o filho com raiva. Com uma rabanada da saia, foi pra cozinha. Encheu o prato de arroz com feijão, carne seca e verdura e tampou-o com outro prato, amarrou em torno um pano de saco alvejado, trocou de saia, embrulhou-se no xale de franja. Maneco tinha fechado os olhos, estava imóvel, rosto para cima, as sombras dançando de sofrimento, um amuo no lábio cheio, sensível. Ela saiu para a noite quente, noite de muitos cheiros.

(Filho pega a crescer, quer mandar na gente.)

De um lado o frio picante do sereno, do outro, encostado ao corpo, o calor gostoso do prato de comida. Tudo claro que era um dia. Lua líquida. Ar transparente. Frio. Rua da Raia, Rua da Palha, Rua do Meio, Rua São Sebastião, a linha reta, negra, com faíscas de prata, e, lá adiante, a chave. Juca estava lá. Via-lhe, de longe, o perfil, a barba, o boné, o capote pesado. Andou mais depressa, num bamboleio garrido da saia floreada de seis panos, comprida até os pés. Chegou quieta, botou o prato dentro da guarita.

— Vá comer — falou meio à força, a fala trancada na garganta.

— Depois.

— As crianças estão dormindo. Janta e dorme um pouco. Eu vigio.

— O noturno ainda não passou.

— Não faz mal. Eu viro a chave.

— Bom.

— Hoje eu não penteei sua barba.

O homem comentou, em tom de recusa.

— Aqui não, sua safada.

Honória passou ligeira para o lado, puxou a pesada alavanca, terminada com a bola brilhante de aço, maciça, mas tão macia e silenciosa, no ceder, no correr, até cair na nova posição com o surdo baque. O trem passou. A bola subiu do peito, parou na garganta, doeu, sufocou.

Pela meia-noite, a mulher se foi, xale aconchegado ao pescoço, passo sacudido, gesto friorento. Juca voltou para o posto junto à chave. Foi a noite toda de espera, e o dia inteiro, que o homem chegou embrutecido de sono, como sempre.

— Não me chames para almoçar.

— Sei.

— Nem pra jantar.

— Sono sustenta.

E a lida do dia distraiu-lhe o pensamento. A meia zanga punha-lhe uns arrepios longos no corpo. De vez em quando entrava no quarto, onde o Juca ressonava. Arrumava a cômoda, inquieta, bebia água a grandes goles do pote colocado atrás da porta. Depois, sem mais nem menos, chegou-lhe a vontade de comer bacalhau assado na brasa, com bastante pimenta cumbari.

— Juca! — chamou numa voz que era quase um ronsnido, um pouco rouca. — Juca! Acorda, homem! Vem comer!

Juca resmungou no sonho, virou-se, engrolando uma porção de coisas, e continuou roncando. Honória fugiu para o quintal, sentou-se na pilha de tijolos e pôs-se a chorar amargamente, parecia que o mundo ia se acabar.

Maneco apareceu, experimentando o estilingue nas goiabas.

— Chorando, Mãe? Chora não.

— *Cê* não tá vendo, Maneco? *Cê* não tá vendo?

— Cala a boca, Mãe. Chora mais, eu vou contar.

— Te corto de couro.

— Corta nada.

Riram os dois, um pouco, um risinho estrangulado, que acabou em risada boa. Juca só acordou de tardezinha.

Lembranças

O trem voou pelo vale verde-gaio dos arrozais, engolindo trilho. Na entrada da cidade, toda negra, o som do *bem-bão* anunciou que o expresso vinha: *beeem-bão*! A estação com três torreões, pétrea, bruta, compacta, cresceu, cresceu e parou. *Shiiiiu!* que o trem de ferro fez, para ninguém falar.

Encontrou de novo as velhas árvores, as mangueiras da Sinhá-Bolão, o abacateiro, a paineira, que não estava florida, pois não era abril, e encontrou de novo o velho Paraíba, e o canto das lavadeiras, junto à cantiga das águas, escachoando nas pedras do velho porto daquela que já foi Santo Antonio de Cachoeira.

Súbitos riscos de prata fulguram acima do espelho do rio. É o sol brincando nos anzóis, ou estarão pescando relâmpagos?

Cheiro de folhas machucadas e de capim-angola pisado ressuscitou não se sabe como. Espalhou-se no ar, sem mudança, o cheiro adocicado de mangueiro (leite, estrume fresco e fecundidade).

As amadas lembranças vibraram na paisagem com o seu modo de ser ingênuo e corriqueiro: sobre as cercas de bambu, a seda das campânulas roxas e amarelas. Nos muros o veludo dos musgos. No campinho a aspereza da palha de arroz. Tudo igualzinho. E ela, onde estará?

Dona Mariquinha, costureira, saiu ao portão, pra ver o trem passar.

E a moça se apercebe de que o muro que antes era tão alto, tão lá em cima, para cima da sua cabeça um tanto assim, tocando as nuvens, ficou baixinho. Não tapa mais a vista do quintal de Dona Florinda (ah! o quintal de dona Florinda, com tanta fruta melando, tanta doçura, tanta abelha zumbindo, tanta criança!)

Abelhas enxamearam na máquina preta e verde do garapeiro. Tudo igualzinho. Recendeu no ar o cheiro de içá torrado com farinha. É outubro. Içá anda tonta no ar, pedindo para ser caçada. Moleque de voz fininha vendeu *piiiiiiiii-irolito!* outra vez. O sol passou por cima da ponte, incendiou o céu e bem nessa hora o Paraíba também pegou fogo. Como antes.

Na verdade, regressou, na verdade reviu todas as coisas. Mas não recuperou nenhuma. Estão nos longes, surpreendidas, de relance, no fundo dos olhos que a contemplam, num riso inesperado que leva por um momento à infância, num gesto que mal se esboçou, no andar de um que passa, não é o Marçal? mas como envelheceu!

E vê que não há regresso. Que nunca mais que se encontrou. Que nunca mais se encontrará.

Como é que ela não gosta mais de pirulito, tão docinho! e nem do quintal proibido com seu alto muro? Nem sequer para contemplar num enlevo a lagartixa rajada de rabo cortado que ziguezagueou parede acima.

O que ainda é já se perdeu.

Ninguém tirou não, que se tenha visto, as cercas de bambu dos fundos dos quintais. E na palha de arroz ninguém mexeu. Ninguém mudou de casa, ninguém envelheceu, ninguém morreu, ninguém faltou. Só ela.

Zé-Inácio

Moleque Zé-Inácio andava com umas calças muito sujas, amarradas com barbante e uma camisa de riscadinho rasgada. No tempo do frio, aparecia com um paletó de brim, do tipo engole-ele, que algum dia fora branco e que, pelo visto, guardava atrás das pilhas de tijolos, na construção em andamento onde dormia. Por ocasião das chuvas, sumia completamente. Sua vida era andar na rua, ora bagunceando, ora vendendo quitandas. Sua especialidade era atirar com bodoque e estilingue. Às vezes o prendiam por desordem, quando riscava com a faquinha algum que bulia com ele. Mas era muito procurado pelas mulheres que faziam doce: cocada, pé de moleque, e bala de coco; ou quitanda: pão de ló, biscoito, pão-de-minuto e brevidade; porque não errava no troco e não comia nada do tabuleiro, embora se soubesse que cortava permanentemente uma fome cachorra. Era o moleque que vendia mais. Apanhava os doces, desaparecia, ninguém sabia dele. À tardinha voltava com o tabuleiro vazio e o dinheiro certo.

— Um dia esse moleque ainda some com a féria. Não tem eira nem beira, anda-andando por aí. Um dia, um dia — diziam.

As quitandeiras tinham nele uma obscura confiança. Moleque Zé-Inácio, cheio de vícios, pois até pitava e bebia o seu golinho de pinga (quando alguém dava), tinha lá a sua ética.

Uma vez sumiu mesmo. Passou dois dias fora de circulação. No terceiro, reapareceu com a cabeça raspada, tabuleiro vazio e, fechado na mão, o dinheiro certo da quitanda. Tinha estado na cadeia, por ter quebrado com um tijolo a cabeça de outro moleque brigão.

— Onde é que você faz ponto, moleque?

Ah! isso ele não dizia. Limitava-se a rir, e passava pelo rosto suado a manga do paletó, antigamente branco. Por uma tarde serena, ali pelas três horas, entrou na cidade um andarilho.

Vinha arrastando os pés enormes, nuns sapatos enormes. Cansaço, miséria, sujeira, a guedelha empoeirada, a roupa em frangalhos, trazia um saco nas costas e se apoiava como os antigos peregrinos a um bastão feito da raiz torcida de uma árvore. Não parecia faminto. Sentou-se à porta do botequim do Tonico Barbosa, depois da passagem de nível da Rua do Depósito, e colocou ao lado o saco, que fez um barulho de latas se entrechocando.

Ninguém reparava nele. Dali a pouco, mastigava calmamente, e então viram, pasmados, que o que comia eram roscas feitas pela Mariquinha do João Anjo, quitanda fina, cara, amassada com muita manteiga e muitos ovos, bom-bocado para os moradores da Rua Bernardino de Campos e que pobre não podia comer, quanto mais um maltrapilho como aquele. Só roubando.

Seu Chico Malaquias foi-se chegando e perguntou de supetão:

— Onde achou isso, Siô?

— Na santa cruz — que o andante falou e, na mesma hora, levou um pontapé.

— Prende ele, gente! Chamem o Sassafrá Soldado. Eu vou buscar dona Mariquinha.

Seu Chico Malaquias foi saindo, outros chegaram. Veio Sassafrá, veio Zé-Leal, e o rancho inteiro desceu pela rua da cadeia, os praças empurrando o infeliz. Ninguém punha a mão nele, de nojo, senão, quanto croque não havia ele de levar naquele trajeto, Jesus Cristo, mal comparando. Ninguém sabia de nada e já gritava: Roubando de viúva, o desgraçado. Mais ou menos no meio do caminho, deram de encontro com o seu Chico Malaquias, afobado, muito agitado e vermelho, a testa lustrosa de suor, mas com os lábios brancos, como quem levou susto.

— Dona Mariquinha?

— Não vi ninguém. A casa está fechada. Bati, não responderam. Isto não é hora de casa fechada.

— Pois é.

— Só se esse aqui matou ela pra roubar.

Um sussurro indignado se levantou:

— Por que não entrou? Por que não arrombou a porta?

E lá se foi novamente o sinistro cortejo, com o andarilho no meio, até dar com os costados na delegacia. Entrementes, a cidade toda sabia que haviam matado dona Mariquinha e que o assassino já tinha sido preso. Tinham-no encontrado com a arma ensanguentada na mão. Que arma? Uns diziam que um punhal e outros que uma foice.

Por isso, quando o delegado apareceu diante da casinha pobre da doceira, uma pequena multidão se juntara na pracinha e os vizinhos, na janela e no portão, indagavam o que foi, o que não foi. Perguntados se tinham visto dona Mariquinha, uma respondeu que de manhã bem cedo estava aí, lavou o rosto e amarrou o lenço na cabeça. E outra muito vagamente disse que pensou que dona Mariquinha tinha ido falar com a filha no emprego, em casa do coletor. E o delegado replicou que não interessava o que ela pensava e que parasse com tanto alvoroço. Quando se dispunham a arrombar a porta, apareceu a filha descabelada, gritando, minha mãe, minha mãe. Parou de gritar para explicar: Se ela saiu, a chave está em cima do segundo caibro ao lado da cozinha. E estava.

Nestas alturas, a coisa tinha virado mistério, e rumaram todos para a delegacia novamente. O andante estava por trás das grades, com uma cara que dava medo. Noite fechada, dona Mariquinha, que ainda não sabia que tinha sido assassinada, desceu do ônibus, e atravessou a cidade. Mal soube de quanto ocorria, foi falar com o delegado, em casa dele, que o expediente da delegacia já estava encerrado desde as cinco. Ele não fez nada, não seu delegado. Não falta nada na minha casa, está tudo em ordem.

— E as roscas?

— Não sei, só se... — Aí, pôs depressa a mão na boca.

— Fale, dona Mariquinha, que houve?

— Zé-Inácio saiu com elas e não apareceu até agora.

Voltaram a perguntar ao andante onde comprara as roscas.

— Achei... — falou o homem com um pavor danado, e o delegado mandou passar a borracha nele, para não ser cachorro.

— *Qué* que você fez com o negrinho?

— Quem? Que negrinho?

E um comentou:

— Esse homem deve ser louco. Soverteu com o pobre do Zé-Inácio.

Lá pelas tantas, moleque Zé-Inácio também apareceu, com o tabuleiro vazio e a féria certa, e as roscas tornaram a ficar sem explicação.

— Deve ter roubado de alguma casa. E assim como roubou as roscas, pode ter roubado outra coisa.

Sassafrá Soldado atravessou a praça e foi buscar o Zé-Inácio, que, numa roda de engraxates, falava alto, se espalhando na rasteira.

— Você aí, Zé-Inácio!

— Comigo não, seu praça!

O moleque se defendeu, levantando a mão diante do rosto.

— Eu não fiz nada.

— O doutor delegado tá chamando, Siô!

Repentinamente, o soldado o agarrou por um braço e Zé-Inácio, apanhado de surpresa, foi embora deitando o corpo para trás. Ao frentearem alguma esquina de beco mais propício, dava um safanão, querendo fugir, mas Sassafrá estava acostumado a pegar moleque, tenteava e não deixava escapar.

E nesse puxa-e-empurra, chegaram à delegacia.

— Tá aqui ele, sô *dotor.*

Zé-Inácio começou a se encolher, sungando os ombros dentro do paletó. Seus olhos vagueavam infelizes pela sala, rodavam e rodavam, sem poder parar.

— Menino! — falou o delegado, pausadamente, procurando dar à voz um tom paternal. Mas não era fácil se tornar paternal com aquele moleque escanifrado, arisco, de canelas ruças, louco para dar o fora dali e apavorado, via-se, como quem tem culpa na consciência. — Menino! Para quem você vendeu roscas hoje?

Inesperadamente, Zé-Inácio começou a soluçar e a fungar, limpando o nariz e a cara na manga do paletó.

— Que é isso, negro ordinário?

— Eu... — e parou, de olho arregalado.

— Confesse logo! — tornou a autoridade, farejando enrosco.

— Eu não sabia que dava cadeia... — e vá de chorar de novo.

— Disso eu suspeitava. Você pensou que ninguém te pegava, não foi?

— Foi.

O delegado deu um berro:

— Conta logo! — e esbravejou a respeito de uma sova de borracha, de criar bicho.

Com o susto, o moleque despejou tudo:

Saía com o tabuleiro todos os dias, com as roscas especiais da dona Mariquinha do João Anjo. Isso mesmo. *Umas cinquenta*. Não, senhor. Não vendia na cidade. A cidade estava muito manjada.

Saía pelos arredores. Não, senhor, não encontrei andante nenhum, que história é essa? Reparei que deixavam muito dinheiro nas santas cruzes da estrada. *Crein-Deus-Padre*! Roubava não. Contava quanto havia, contava a quitanda. Deixava o tanto certo de roscas dependuradas nos braços das cruzes.

Nunca roubei. Deus era testemunha. Todos os dias. Uma vez na santa cruz da fazenda do Luís de Campos, outra vez no Pitéu, dos lados do Chiquinho do Ciano, outra vez naquela do bairro da Etelvina. Estava falando porque o doutor tinha perguntado, ué! Não. Não tirava de Deus, já tinha explicado. Vendia. Negócio é negócio.

E como surpreendesse um lampejo de bom humor nos olhos da autoridade, acrescentou descarado:

— Santo não precisa de dinheiro. E rosca, algum andante...

— Puxa daqui! — berrou o delegado, e moleque Zé-Inácio se raspou mais que depressa, sem esperar segunda ordem.

Zé-Inácio, preto, moço, alfabetizado, tomou suador de folha de laranja e saiu no chuvisqueiro para recolher lenha. Ficou atacado do fígado e do coração, de que veio a morrer.

Sobre costurar existências na palavra

Por Maria Carolina Casati

Há algum tempo, em uma conversa com Obsidiyana — bruxa ctônica e sacerdotisa de Perséfone — sobre a *Odisseia*, ela me apresentou a tese de muitas pesquisadoras de que a obra teria sido escrita por uma mulher e não por Homero. De fato, segundo a sacerdotisa, em comparação com a *Odisseia*, a *Ilíada* — texto explicitamente bélico, que narra a guerra de Troia e as conquistas de Odisseu — se apresenta como uma narrativa mais masculina. Já a *Odisseia*, descrevendo a volta do herói ao seu lar, tem inúmeras passagens descritivas, além de grande destaque à artimanha que Penélope desenvolve para se manter fiel ao seu marido.

Há alguns anos, TumTum, meu filho, perguntou-me o que era um ciclope. Rapidamente, contei a ele uma versão da *Odisseia*, enfatizando o papel de Penélope no desfecho da trama. "Isso está errado, então. O título deveria ser *A História de Penélope e Odisseu*, e não *A Odisseia*, mamãe. Ela fez muita coisa!", concluiu o moleque.

A leitura de *Um tal de Zé*, ao me transportar para outras espirais, fez-me pensamentear novamente sobre Penélope e sua colcha inacabada, relacionando-a à tecelagem de Ruth Guimarães. Se Penélope tece e desfaz a manta enquanto espera por Odisseu, Ruth Guimarães, por sua vez, tece e destece a própria narrativa, construindo vidas-retalhos, personagens-bordados.

Bruxa também ela, D. Ruth Guimarães nos convida a preenchermos essa colcha *inacabada* com conjurações-pedaços com que mais nos identificamos. Ela nos permite finalizar a obra não no felizes-para-sempre dos contos de fada que em nada se parece com a nossa realidade. Não, nos entregando seu texto-tecido (re) construído pela palavra, Ruth Guimarães nos concede algo maior: o direito de pertencer!

Um tal de Zé é, portanto, um convite! Juntemo-nos a Penélope, Perséfone e outras escribas-feiticeiras! Honremos a bruxa Ruth Guimarães e teçamos outros finais para a sua narrativa — e para as nossas. Escrevamos no corpo-tecido! Bordemos nossas existências-narrativas! Salve aquelas que ousam tecer os próprios destinos!

Equipe editorial: Lu Magalhães, Larissa Caldin e Sofia Camargo
Edição: Joaquim Maria Botelho, Júnia Botelho e Mariana Bastos
Revisão: Tatianne Francisquetti
Capa: Karina Bastos
Projeto Gráfico e Diagramação: Sofia Camargo

Dados Internacionais de Catalogação na Publicação (CIP)
Angelica Ilacqua CRB-8/7057

Guimarães, Ruth, 1920-2014
Um tal de Zé / Ruth Guimarães. -- São Paulo : Primavera Editorial, 2025.

200 p. : il.

ISBN 978-85-5578-191-9

1. Ficção brasileira I. Título

24-3869 CDD B869.3

Índices para catálogo sistemático:
1. Ficção brasileira

PRIMAVERA
EDITORIAL

Av. Queiroz Filho, 1560 — Torre Gaivota Sl. 109
05319-000 — São Paulo — SP
+55 (11) 99197-3552
www.prideprimavera.com.br
contato@primaveraeditorial.com

PRIMAVERA
EDITORIAL

edição	outubro de 2025
impressão	plena print
papel de miolo	pólen 80g
papel de capa	cartão 250g
tipografia	merriweather; sora